Dominación y Sumisión
Erótica Vol. 6
Erika Sanders

Dominación y Sumisión Erótica Vol. 6

Erika Sanders
Serie
Dominación y sumisión erótica

Sinopsis

El sexto volumen de la serie Dominación erótica consta de las siguientes novelas:

- Dominado por su joven empleada mexicana:

Patrick tiene una tienda de helados de yogurt en la que trabajan varios empleados.

Entre estos empleados está una joven mexicana, Katy, con la que Patrick ha fantaseado en varias ocasiones.

Un día mientras están esperando clientes surge una conversación nunca prevista ni esperada por Patrick...

- Perra nazi:

París finales de 1940.

Sede de la Gestapo.

El departamento FEM1 es el departamento donde se interroga a las presionaras capturadas por la Gestapo.

Vicky es la jefa de un departamento compuesto exclusivamente por lascivas mujeres a la que notifican la llegada de una nueva prisionera...

- Garganta profunda (BDSM):

Julieta es una investigadora que para resolver sus casos no duda en romper un poco las reglas si es necesario.

Su hermana Bárbara la contrata porque tiene un problema de chantaje sexual en su empresa.

Ella quiere que Julieta encuentre unos videos BDSM comprometedores y que los borre.

Julieta al ir a borrar esos videos es vencida por la curiosidad y comienza a reproducirlos.

En ellos ve a su hermana en actos sexuales BDSM que le comienzan a intrigar...

Dominación Erótica volumen 6 son una serie de novelas de fuerte contenido erótico BDSM y, a su vez, el sexto volumen de la colección Dominación Erótica, una serie de novelas de alto contenido BDSM romántico y erótico.

(Todos los personajes tienen 18 años o más)

Nota sobre la autora:

Erika Sanders es una conocida escritora a nivel internacional, traducida a más de veinte idiomas, que firma sus escritos más eróticos, alejados de su prosa habitual, con su nombre de soltera.

Índice:

DOMINACIÓN ERÓTICA VOL. 6
ERIKA SANDERS

9

DOMINADO POR SU JOVEN EMPLEADA MEXICANA
POR
ERIKA SANDERS

CAPÍTULO 1

Una lluvia de principios de primavera golpeaba el estacionamiento, bajando la temperatura a un nuevo mínimo.

Dentro de la tienda de helados de yogurt, Katy compartía una de las mesas redondas con su jefe, Patrick Adams, esperando a unos clientes que sabían que sería raro que aparecieran debido al mal clima de la tarde.

Las oscuras nubes de tormenta activaron los sensores electrónicos de las luces del estacionamiento, lo que dio algo de luz a la oscuridad exterior.

Dentro de la tienda brillantemente iluminada, Patrick sonrió ante el leve sonrojo en las mejillas de Katy.

"WOW, ¿qué estás leyendo que puede hacerte sonrojar?"

"Porno", respondió Katy, mirándolo directamente, aunque sus mejillas estaban sonrojadas de vergüenza.

Cuando Patrick se echó a reír, vio que su vergüenza se desvanecía mientras sus ojos se estrechaban.

"¿Qué tiene de gracioso eso?"

Patrick consideró por dónde comenzar a enumerar las cosas graciosas que tenía su respuesta.

Katy Gonzales tenía todas las características de ser muy inocente.

Su comportamiento alegre hacía juego con su piel y cabello oscuros, ojos negros y salpicaduras de pecas sobre el puente de su nariz.

La contrató porque era alegre y una mexicana muy bien parecida y eso gustaba a los clientes de la zona.

Rápida e inteligente, se reía fácilmente y trataba a los clientes más groseros con una paciencia que no se esperaría de alguien con veinte años.

Una vez trató de darle un lugar de invitada en una de sus fantasías.

Acariciando su polla dura, llegó a imaginarse sus desnudos pechos antes de darse por vencido y reemplazarla con otra persona.

Katy Gonzales era demasiado buena para protagonizar una de sus delicias masturbatorias.

"Pues cómo te sonrojaste", dijo.

"Entonces, ¿qué usas cuando te lo haces tú mismo? Probablemente videos, ¿verdad?"

"Por lo general", dijo, preguntándose si sus mejillas también se estaban poniendo rosadas. "Entonces, ¿qué tipo de cosas estás leyendo, romances eróticos?"

"Eh, ni siquiera estás cerca. Dime qué tipo de porno te gusta ver y te diré lo que me gusta leer".

Considerando su condición, Patrick sintió una agitación en su regazo cuando se imaginó diciéndole la verdad.

Él no lo haría.

De ninguna manera.

"Las cosas habituales", se cubrió con eso, ganándose otra especie de mirada de acero de ella. "En serio, y solo de hombre a mujer. Ahora te toca a ti".

Su respuesta lo sorprendió.

"Principalmente erótica dura BDSM".

Cuando Patrick comenzó a reír de nuevo, se ganó otra mirada aguda, pero no pudo evitarlo.

La idea de que esta dulce e inocente muchacha leyera algo duro era, ya de por sí, bastante divertida, pero ¿BDSM?

Luchó por parar de reír.

"Lo siento. Simplemente, no sé, no esperaba esa respuesta". Katy no parecía herida por su risa, ella parecía enojada. Su alegría se desvaneció. "Entonces, ¿cuál es la atracción que tiene eso para ti?"

"Tener el control", dijo. "Hacer que la gente haga las cosas que yo quiero".

Patrick se echó a reír de nuevo.

Le gustaba la personalidad de Katy, pero era su ética de trabajo la que tenía margen de mejora.

Era perezosa, ella nunca mostró un solo rasgo de liderazgo.

"¿Como qué?"

"Todo. Cualquier cosa", respondió Katy encogiéndose de hombros. "Cosas extrañas. Cuanto más extrañas, mejor". Había una mirada lejana en sus ojos mientras miraba un punto en la pared justo sobre su hombro. Ella se estremeció. "Creo que sería bueno tener a un verdadero esclavo sexual".

"Bueno, avísame cuando aceptes solicitudes de viejos de cuarenta y tantos".

Una vez más, su respuesta lo sorprendió.

"¿Te estás ofreciendo?"

Patrick consideró a la bella morena mexicana por un largo momento.

¿Podría ella estar hablando en serio?

"¿Qué pasa si no estás bromeando?" Él preguntó.

"¿Qué pasa si no lo estoy señor Adams? ¿Realmente quiere ser una herramienta sin derechos, obligado a adorarme sin una promesa de liberación y satisfacer todos mis deseos, sin importar cuán enfermos o retorcidos puedan ser?"

Él sostuvo su mirada antes de reírse.

"Ahora, ¿quién es la bromista?"

"Muéstramelo", dijo ella, sin sonreír nunca.

"¿Mostrar que?"

"Me escuchaste. Si quieres hacer esto, entonces hagámoslo. Muéstramelo. Aquí mismo. Ahora mismo".

"Te volverías loca si lo hiciera".

"No, no lo haría. Pero te habría aceptado en mi servicio".

"¿Qué quieres decir con 'habría'?"

Ella le dio unas palmaditas en la mano.

"Los esclavos tienen que ser fuertes, señor Adams".

"¿Estás diciendo que soy débil?" inquirió, preguntándose de nuevo si era un juego.

"Estoy diciendo que no estás hecho para una vida de servicio y que acabas de demostrarlo".

"Pregúntame otra vez."

"Respuesta incorrecta", se rió.

Le llevó un momento comprender por qué estaba mal.

"Lo siento", dijo, dándose cuenta de que no era su lugar pedirle nada.

"Gracias, eso está mejor", reconoció.

Inclinando la cabeza hacia un lado, lo consideró por un momento con media sonrisa en su rostro.

"Consigue estar duro para mí y podemos intentarlo de nuevo".

Patrick sintió que su fuerza de voluntad se desvanecía.

Había comprado una membresía en un gimnasio con la esperanza de conocer a mujeres de mayor calibre.

Durante tres meses, trabajó en su cuerpo de mediana edad.

Apretando y tonificando su cuerpo de una forma que la versión de veintitantos de él nunca tuvo.

Orgulloso de su nuevo cuerpo, se frustraba cada vez que pasaba tiempo con otra mujer de su edad.

Se merecía algo mejor, pero tres meses después de hacerlo se había cansado.

Mirando el frente de su pantalón de trabajo de color caqui, notó los inicios de una erección.

"Sabes que realmente voy a hacer esto, ¿verdad?"

"Lo estoy esperando", dijo ella, sonriendo mientras sus ojos parpadeaban hacia su entrepierna.

"¿Quieres ir a la trastienda?" preguntó, sintiendo que su erección alcanzaba longitudes aceptables.

"No. Justo aquí. Ahora mismo. Levántate, quítate los pantalones y muéstramelo. Si no estás duro, el trato se cancela".

"¿Y si lo estoy?"

Inclinándose sobre la mesa, apoyó la barbilla en su palma y sostuvo su mirada.

"Entonces es hora de que juegues para mí. Ahora muéstramelo, perra".

En el lado cuesta abajo de los cuarenta, era demasiado viejo para esto.

Él lo sabía mejor que nadie.

Estaba arriesgando su reputación y su trabajo.

Con apenas veinte años, Katy era demasiado atractiva y vibrante para desearle.

Sabía que esto era solo un juego para ella.

¿Y si lo hacía?

Arriesgar su futuro no lo hizo detenerse, aunque podría estar perdiendo a un buen miembro del equipo semanas antes de que las cosas se pusieran ocupadas.

Pero la vida está hecha de pequeñas elecciones hechas sobre la marcha.

Trabajando sobre sus pasos, se desabrochó el cinturón.

También el botón en la parte superior de sus pantalones de color caqui y bajó su cremallera mientras la miraba.

Katy sostuvo su mirada, sus ojos nunca se apartaron de los de él.

Metiendo la mano dentro de su ropa interior, puso su mano en la vara larga y firme de su virilidad.

Acarició el instrumento de su placer, preguntándose cuál sería su reacción.

Si bien no fue bendecido con proporciones de estrellas porno, Patrick no se avergonzaba de su longitud o circunferencia.

Sabía que tenía más que la mayoría y aquellos con más que él eran pocos.

Dejando que la cabeza de abajo tomara la decisión final, se puso de pie.

Los ojos de Katy siguieron los suyos mientras se levantaba.

Patrick miró el estacionamiento oscuro y vacío.

Alguien podía caminar cerca de las ventanas, pero nadie lo había hecho en la última hora.

Se bajó los pantalones y los boxers, exponiendo su polla dura a la joven.

De pie con las manos en las caderas desnudas, asintió.

La mirada de Katy se deslizó por su cuerpo hasta que sus ojos se posaron en su masculinidad hinchada.

El movimiento de cabeza que su polla le dio a su mirada fue involuntario.

Su expresión seria nunca cambió, aunque él vio las pupilas de sus ojos ensancharse.

Él sonrió de lado.

"Ahora imbécil", le dijo ella.

"¿Aquí ahora?"

Sus ojos volvieron a los de él, estrechos e intensos.

"¿No me expresé bien?"

Después de darle otra mirada al estacionamiento, le dio a su polla dura unos cuantos golpes tentativos.

Sí, estaba duro, pero ¿estaba lo suficientemente emocionado como para producir un orgasmo rápidamente?

Siguió acariciando.

Ella lo miró, observando cómo se movía su mano con la misma mirada imparcial en su rostro, como si lo estuviera viendo leer o llenar un papeleo.

Aun así, ella lo estaba mirando.

Sintió una emoción surgir a través de él, incitándolo a seguir adelante.

Mirando de nuevo al estacionamiento vacío, miró más allá de él a los autos que pasaban por el centro.

Esto era una locura.

Alguien podía ver.

No desde la carretera, pero si llegaran al centro, lo harían.

Dentro de la tienda tan brillantemente iluminada, estaría en exhibición para cualquier madre haciendo recados mientras los niños estaban estudiando o jubilados demasiado aburridos para mirar su televisor.

¿Qué hay de sus vecinos?

Trabajó en su polla más rápido.

Cuanto antes se viniera, antes podría vestirse.

Sintió crecer su emoción.

Estaba cerca, llegando allí más rápido de lo que esperaba.

Una semana de celibato involuntario funcionó a su favor.

"Tan cerca", murmuró.

"Córrete sobre la mesa", dijo Katy, observando su expresión tanto como sus manos trabajando en su polla dura.

Hubo un toque de sonrisa en la esquina derecha de su boca y un brillo en sus ojos azules cuando llegó a su punto máximo.

Su polla estalló, rociando su orgasmo en una línea suelta de un extremo de la mesa al otro.

La risa de Katy no fue la reacción que esperaba.

"Ha sido bueno", dijo ella. "Ahora lámelo".

Después de que un último escalofrío de placer lo recorriera desde los hombros hacia abajo, Patrick la miró con los ojos muy abiertos y las cejas arqueadas.

Miró su semen dispuesto en un ondulante chorro de líneas salpicadas de gotas y pequeños charcos sobre la mesa de mármol falso.

Sabía que la mesa estaba limpia, era meticuloso acerca de mantener limpia su negocio.

Su amplia sonrisa le dijo todo lo que necesitaba saber.

Ella no pensaba que él lo haría.

Con los pantalones y la ropa interior todavía alrededor de las rodillas, sosteniendo su polla dura, se inclinó y lamió el desastre que había producido.

Trabajó de un extremo de la mesa al otro, probando la parte superior de formica tanto como su semilla expulsada.

Levantó la vista y vigiló el estacionamiento y la puerta principal.

Nadie lo había visto.

Habiendo terminado, dudó antes de subirse los pantalones.

"¿Me puedo vestir?"

"Aprendes rápido", dijo.

Ella agarró sus bolas, mirando su mano acariciándolas por un momento antes de mirarlo.

"Si hacemos esto, soy dueña de esto. ¿Estás seguro de que eso es lo que quieres?"

"Sí, señora."

Ella acarició su polla aún dura.

"Ponte contra esa pared y espérame", dijo ella, como si hubiera tomado una decisión.

Con los pantalones todavía alrededor de las rodillas, expuesto a cualquiera que pudiera conducir o pasar por su tienda, Patrick se movió hacia donde ella le indicaba.

Desde detrás del mostrador, Katy tomó su teléfono celular de su bolso.

Los teléfonos celulares no estaban permitidos durante las horas de trabajo.

Encendiéndolo, apuntó su cámara hacia él y tomó una foto antes de moverse para pararse frente a él.

"Vístete", dijo, sentándose de nuevo a la mesa.

Patrick volvió a ponerse la ropa y se unió a ella.

El teléfono de Katy mostraba la imagen de él de pie junto al logotipo pintado en la pared.

Debajo de la imagen había dos botones, guardar y eliminar.

Ella colocó el teléfono frente a él.

"Ahora tu elección. Un botón lleva a tu destrucción. ¿El otro?" Ella se encogió de hombros. "Supongo que lo otro significa que acabo de recibir un show gratuito".

"¿Mi destrucción?"

Katy cubrió el teléfono con la mano.

"Hablo en serio, señor Adams. Mi papel se convierte en encontrar sus límites y empujarlo más allá de ellos. Cuanto más se retuerza, más divertido se vuelve para mí. La disciplina es solo una parte del trato. Si me falla, yo enviaré esa foto a la sede corporativa ".

"Sin embargo, es un juego sexual, ¿verdad?"

"Para uno de nosotros, lo será".

Cuando ella movió su mano, él presionó el botón Guardar.

CAPÍTULO 2

"Paraguas es tu palabra de seguridad", dijo, levantando su teléfono de la mesa y guardándolo en el bolsillo.

Explicó lo que significaba una palabra segura, cómo él la llamaría la única Ama cuando estuvieran solos, y la diferencia entre vivir en el mundo y ser "del" mundo.

"Vives en este mundo, pero ya no eres de él. No tienes derechos. Nadie debe saber de nuestro acuerdo. Miente a todos menos a mí".

A medida que avanzaba en su lista de instrucciones y reglas, comenzaron las dudas de Patrick.

Ella había pensado claramente en esto con mucho más detalle de lo que él había imaginado.

Cuando terminó, volvió a sacar su teléfono con la foto de él parado frente al logotipo.

Una vez más, había dos opciones, subir o cancelar.

"Si presiona cargar, se guarda en una carpeta privada en Internet. Si presiona cancelar, borraremos la imagen de mi teléfono y nos olvidaremos de todo".

Dudó antes de presionar cargar.

"Eres una estúpida, jodida perra", dijo ella, riendo y volviendo al mostrador.

Supuso que ella estaba guardando su teléfono celular.

En cambio, trajo su bolso de vuelta a la mesa y se sentó.

"¿Puedes ponerte duro otra vez?"

"Sí", dijo, la anticipación de su próxima orden lo excitaba.

"Bien. Tira tu ropa interior, ya no la necesitarás y déjame ver lo duro que puedes ponerte de nuevo".

Reconociendo su falta de elección en el asunto, Patrick se quitó los zapatos, se quitó los pantalones y la ropa interior, y tiró sus boxers.

Sentado sin nada junto a ella, volvió a frotar su polla.

No tardó mucho.

"Bien. Ponte los pantalones para el caso de que alguien entre".

Aliviado de que se le permitiera vestirse, volvió a colocarse sus pantalones.

"Gracias, Ama", murmuró, usando su nuevo título por primera vez.

Debajo del frente plisado, su erección aún era obvia.

"¿Tienes una cámara en tu teléfono?"

"Si Ama."

"Bien. Entonces debes enviarme una foto de tu polla dura cada cinco minutos. Exactamente cada cinco minutos. Y no una foto de ella a través de tus pantalones, sino de tu pene desnudo, ¿entiendes?" Sosteniendo su bolso, sacó las llaves de su auto y se levantó.

Patrick asintió con la cabeza.

"¿A dónde vas?"

"Ya no puedes preguntarme eso, perra".

"Lo siento, Ama", dijo, preguntándose cómo podría seguir siendo su jefe en el trabajo.

¿Eso todavía se aplica?

Buscando en el menú de su teléfono, encontró un temporizador y lo configuró durante cinco minutos.

Perdido en sus pensamientos, tuvo que revivir su erección para su primera foto.

Aburrido, caminó por la tienda, paseando hasta que pasaron otros cinco minutos.

Esta vez, su erección estaba esperando su foto.

Abrió la cremallera, sacó su pene, tomó la foto y estaba ocupado enviándola cuando unos faros se movieron por el estacionamiento.

Se dio cuenta de que estaba a la vista del automóvil con su polla dura sobresaliendo de sus pantalones.

Dio la espalda a la ventana, terminó de enviar el mensaje de texto y volvió a colocarse la polla en su sitio.

Durante las siguientes alertas de su temporizador, se mantuvo cauteloso.

Nueve veces, le envió a Katy fotos de su polla dura.

Después de la segunda, envió al resto desde la relativa privacidad de la oficina de su trastienda, seguro de que estaba a salvo de miradas indiscretas.

Se estaba preparando para sacar su décima foto de la tarde cuando se abrió la puerta de servicio.

Girando lejos de la puerta abierta, buscó a tientas con su teléfono y ocultando la polla, dejando caer su teléfono en el suelo antes de escuchar la risa de Katy.

"Solo date la vuelta", dijo.

Lo hizo, su polla dura sobresalía de su abertura.

Él vio la sonrisa encantada en su rostro y se sintió bien ser parte de ella.

Caminando alrededor de él, Katy pasó las manos sobre su cuerpo.

Ella agarró sus pectorales, le apretó el culo y, por el motivo que fuera, le pellizcó una de las orejas.

De pie frente a él, acarició su polla dura.

Se sentía extraño tener a esta joven empleada suyo tocándolo tan íntimamente.

Muchos centímetros más bajo que él, ella lo miraba mientras frotaba su polla.

"Has sido un buen chico", le dijo. "Cada cinco minutos, justo en el momento, me enviaste una foto. Eso merece una recompensa. ¿Sabía que me encanta chupar la polla, señor Adams?"

"No Ama", dijo, su polla palpitando dentro de su mano.

"Mm, sí. Me encanta la sensación de una buena polla larga y dura entre mis labios. ¿Sabe cuál es la mejor parte de chupar la polla, señor Adams? Sentirla explotar dentro de mi boca. Joder, me encanta esa sensación. Yo me mojo solo de pensarlo. ¿Sería una buena recompensa, señor Adams? ¿Le gustaría sentir mis cálidos y húmedos labios alrededor de su polla dura?

"Sí, Ama", dijo, aunque estaba seguro de que su palpitante polla era la respuesta suficiente para ella.

"O tal vez prefieres verme desnuda. ¿Te gustaría eso, señor Adams? ¿Quieres ver cómo me veo desnuda? Sé que no tengo grandes tetas, pero son alegres y mis pezones son realmente largos. Todos aman mis pezones. ¿Le gusta el coño afeitado? Así es como mantengo el mío, agradable y suave. ¿Quiere verme desnuda, señor Adams?"

Sintió que se le secaba la boca.

¿Lo estaba engañando?

¿Había una respuesta que fuera mejor que otra?

"Sí, Ama", repitió, emocionado por la idea.

"Hm, ¿qué debo hacer, señor Adams? ¿Debería chupártela o debería dejarte verme desnuda?"

Su necesidad había crecido mucho.

Obligado a elegir, eligió la respuesta que incluía un orgasmo en su boca para él.

Ella lo miró con las cejas arqueadas, esperando una respuesta a su pregunta.

"Una mamada sería buena, señora".

"Respuesta incorrecta", dijo ella, todavía frotándolo. "¿Te gustaría intentarlo por segunda vez?"

"Verla desnuda sería un privilegio, señora", corrigió rápidamente.

"Eso es cierto, debería ser un privilegio que me veas desnuda, pero sigue siendo la respuesta incorrecta".

Patrick se sintió perdido y confundido.

¿Cómo podrían ambas respuestas estar equivocadas?

Ignorando la mirada confundida en su rostro, ella presionó hacia adelante.

"Desnúdate", le dijo ella, retrocediendo y mirando mientras él se quitaba la ropa.

Se quitó todo, desde su camisa con el logo hasta sus zapatos y calcetines.

"Bien, ahora inclínate y toma tus tobillos".

Hizo lo que le dijeron, sin saber qué esperar hasta que sucedió.

Usando una de las espátulas de mango largo que se usaban para limpiar las máquinas de yogurt, Katy le dio una nalgada.

La herramienta de calidad de restaurante emitió un fuerte golpe mientras rebotaba en su trasero izquierdo.

Un momento después, sintió el aguijón de su ataque.

Ella lo siguió con un segundo golpe en la nalga derecha.

Una vez más, experimentó un retraso momentáneo antes de que su cuerpo registrara el dolor del golpe.

Una y otra vez, ella lo golpeó, alternando nalgas y ubicaciones precisas hasta que su trasero se sintió caliente y ardiendo.

Hizo una mueca con cada golpe trasero.

Finalmente se detuvo.

"Mantén tus ojos hacia adelante", le ordenó.

Se mantuvo congelado en su lugar, incapaz de ver o adivinar lo que estaba haciendo hasta que lo sintió.

Ella estaba presionando algo contra su ano.

No sabía de qué se trataba.

Supuso que no era un dedo y ella lo había lubricado de alguna manera.

Se sentía incómodo, pero era delgado y ella era amable al trabajarlo dentro de su ano.

"Mantenlo ahí o te golpearé de nuevo", dijo, resolviendo el misterio.

Le había empujado el mango de la espátula por el culo.

Cuando ella lo soltó, sintió que amenazaba con resbalarse de su trasero y lo apretó, deseando que permaneciera en su lugar.

Ella se movió frente a él, agarrando su barbilla y volviendo su rostro hacia el de ella.

Ella resolvió un segundo misterio para él.

"La respuesta correcta era 'Lo que quieras, Ama". Sacó el juguete improvisado de su trasero y él la escuchó tirarlo al fregadero. "Puedes quedarte desnudo. Tal vez decida recompensarte más tarde".

"Gracias, señora", dijo, sintiéndose vulnerable y expuesto.

El timbre de la puerta sonó y Katy se adelantó, dejándolo.

La escuchó hablar con el cliente con su habitual alegría.

Esperando que eso estuviera bien, se puso de pie.

Le dolía el culo, pero su polla aún estaba dura.

Pasó el resto del día escondido en la trastienda.

Al final del día, ella se fue a su casa necesitado de un orgasmo y con una lista de suministros en su bolsillo.

"Te llamaré mañana y comenzaremos con tu entrenamiento", dijo ella, dejándolo desnudo en la trastienda de la tienda.

CAPÍTULO 3

Eran las once y media de la mañana cuando su teléfono sonó con un mensaje de Katy pidiéndole su dirección.

Al mediodía, ella apareció en su escalón delantero.

Patrick había completado su lista, se había afeitado la polla y las bolas, y estaba ansioso de anticipación cuando le abrió la puerta.

De pie en el pequeño vestíbulo, ella lo inspeccionó, pasando su mano por encima de sus pantalones sobre su carne afeitada.

Su polla bailó por la atención.

"¿Estás en necesidad?" ella preguntó.

"Si Ama." Él así estaba.

Había pasado la noche y su mañana excitado y duro.

"¿Quieres un orgasmo?"

"Su voluntad, Ama", dijo, con cuidado de no repetir el error de ayer.

La vio sonreír, captando su cuidadosa respuesta.

"Aprendes rápido", dijo ella, agarrándolo por la polla y guiándolo a su pequeña casa.

Era su primera visita y se dio un recorrido por el bungalow de dos dormitorios y dos baños.

Ella lo empujaba detrás de ella mientras se movía de una habitación a otra.

Viviendo solo desde su divorcio, Patrick mantenía su espacio meticulosamente limpio.

Ella se detuvo frente a su tocador.

"Abre tu cajón de ropa interior".

Cuando él abrió el cajón superior, ella sacudió la cabeza.

"¿Qué es esto?" preguntó ella, sosteniendo un par de calzoncillos.

"¿Ropa interior?" él respondió confundido.

"¿No te dije que ya no los necesitarías más?"

"Sí, Ama", dijo, retorciéndose.

Ella había estado en casa por menos de diez minutos y él ya la había decepcionado.

"¿Qué tipo de hombre dobla su ropa interior?" preguntó, sacando cada par de boxers y arrojándolos por la habitación.

Dejándolo parado en su habitación, ella regresó de la habitación principal con el paquete de pinzas de ropa de su lista de compras.

Al abrir el paquete de clips de plástico, comenzó a sujetar uno tras otro los clips de colores del arco iris en sus bolas.

El dolor era exquisito.

Mientras agregaba cada clip, su polla se balanceaba y palpitaba.

"Ahí tienes", dijo ella, inclinándose hacia atrás para admirar su trabajo. "Diez pares de ropa interior. Diez pinzas para la ropa. Ahora recoge los boxers con los dientes y tíralos".

Patrick se puso a cuatro patas y se arrastró por su habitación.

Uno por uno, tomó un par de boxers con la boca, lo llevó a la papelera en la esquina y lo dejó caer dentro.

Las pinzas para la ropa en sus bolas se sentían como picaduras de abejas, pero su polla se mantuvo dura.

Estaba en el último par cuando una de las pinzas de la ropa se abrió camino fuera de sus bolas.

Cualquier esperanza que tuviera de que ella no lo notara o no le importara desapareció rápidamente.

"Bastardo sin valor", dijo, levantando la pinza de plástico. "Levántate."

Él lo hizo.

Ella volvió a colocar la pinza y agregó una más a cada uno de sus pezones.

"Espera aquí", instruyó, volviendo nuevamente a la otra habitación.

Dándole la vuelta, ella usó un trozo de cuerda para atarle las manos a la espalda.

Luego, ella envolvió una bufanda alrededor de sus ojos, cegándolo.

Con las manos sobre sus hombros, ella le dio la vuelta y lo apoyó contra la pared.

Estaba de pie, escuchando atentamente.

Él la sintió todavía frente a él.

Si miraba por el puente de su nariz, podía ver su polla dura, las pinzas para la ropa en su cuerpo y sus pies.

Sintiendo algo suave contra sus dedos de los pies, miró hacia abajo para ver un par de bragas descansando sobre sus dedos.

Un momento después, se unieron con un sujetador.

Su polla palpitó cuando se dio cuenta de que Katy también se había desnudado y la oyó moverse a la cama.

Luchó contra el impulso de levantar la barbilla para poder ver su cama.

Escuchando, escuchó sus suaves gemidos de placer y el leve y húmedo ruido de los dedos frotando un coño.

La escuchó jadear cuando un orgasmo la alcanzó.

Cuando ella metió dos de sus dedos dentro de su boca, él probó su sexo por primera vez.

"Cuando estés listo para tratar de servirme correctamente, estaré en la sala de estar. Quítate esa mierda y únete a mí".

Al mirar por el puente de su nariz, la vio tomar las bragas y el sostén antes de oírla salir de la habitación.

CAPÍTULO 4

Cuando movió las manos, le resultó fácil deshacer el trabajo que ella había hecho azotando sus muñecas.

Le pareció interesante que ella no lo hubiera atado más fuerte.

Con las manos libres, se quitó la venda de los ojos.

El paquete abierto de pinzas para la ropa todavía estaba en su cama.

Se quitó las doce pinzas que llevaba puestas, las volvió a poner dentro de la bolsa y entró en la otra habitación.

Encontró a Katy desnuda en la mesa del comedor donde había colocado los suministros de su lista.

Su firme y pequeño trasero oscuro estaba tan bronceado como su espalda.

Ella se volvió cuando lo escuchó.

"Se te ve bien", dijo, sonriendo.

"Gracias Ama", dijo.

Su polla palpitaba mientras disfrutaba al verla tan preciosamente desnuda.

"¿Las bolas duelen?"

"Un poco", admitió.

"Relájate", dijo, abriendo un par de paquetes. "Se supone que esto es divertido, ¿recuerdas?"

Quería preguntar para quién, pero se quedó callado.

"Tantos juguetes", reflexionó.

Cuando ella lo miró, sus ojos bebieron la belleza de su cuerpo desnudo y joven.

Admiraba sus senos firmes y alegres y los largos y duros pezones que sobresalían orgullosamente de esas olas gemelas.

Debajo de su estómago plano, vio que estaba afeitada.

Su coño parecía hinchado por su reciente orgasmo.

"¿Tienes algo de comer por aquí?" preguntó ella, volviéndose y dirigiéndose a su cocina.

Ella abrió su refrigerador como si fuera suyo.

Dejando a un lado dos tazas de yogurt, rebuscó en los cajones de la cocina hasta que encontró dos cucharas.

Tirando de la parte superior de uno, lo sostuvo frente a su polla.

"Mastúrbate", le dijo ella.

Necesitado, Patrick comenzó a acariciar su polla.

Ella lo miró con una mirada de satisfacción en sus ojos.

"A la mierda que se te ve caliente", dijo.

A medida que se acercaba su orgasmo, apuntó su cabeza de polla al recipiente abierto de yogur.

No necesitaba que le dijeran que allí era donde ella quería su orgasmo.

La fuerza de su orgasmo agitó el yogur.

"Bien", dijo ella, revolviendo el yogur antes de entregárselo con la cuchara todavía dentro de la taza.

Cogió el otro del mostrador.

"Adelante. Disfruta", dijo, mientras se echaba una cucharada del yogur, sin removerlo, en la boca.

Patrick se comió el suyo, consciente de que estaba comiendo su corrida al mismo tiempo.

Se sintió humillado y emocionado por la idea.

Los ojos de Katy bailaron sobre él tan abiertamente como sus ojos la absorbieron.

"¿Cómo está el yogurt?" ella preguntó.

"Bien", dijo, sin estar seguro de haber probado el semen.

"¿Cuánto tiempo pasará antes de que te pongas duro otra vez?"

"No lo sé", admitió.

Su polla había perdido su firmeza, pero seguía estando gorda y de aspecto completo.

"Voy a torturarte hasta que vuelvas a estar duro", dijo antes de meter otra cucharada de yogurt entre sus labios.

Se preguntó si ella podría verse aún más excitante.

"Como desee, Ama", respondió, experimentando una extraña mezcla de miedo y emoción.

CAPÍTULO 5

Terminando su yogurt, encontró un vaso alto en su armario y lo llenó de agua.

Se dio cuenta de cómo había encendido el filtro de agua antes de llenar el vaso.

Se lo entregó y ella le dijo que bebiera.

Después de que él se tragó el vaso de agua, ella lo volvió a llenar.

"Otra vez."

Le tomó más tiempo tomar el segundo vaso grande.

Llenó el vaso por tercera vez.

"Tómate tu tiempo", dijo, "no es una carrera".

Tomó un sorbo de agua, sintiéndose hinchado por los dos primeros vasos.

Sentada a la mesa, recogió la cuerda más delgada que había en su lista.

Era un cuarto de pulgada de nylon.

Con unas tijeras, cortó un metro de largo y luego abrió un paquete de encendedores.

Cuidadosamente enrollando el extremo cortado de la cuerda sobre la llama, fusionó los hilos juntos.

Patrick estaba fascinado.

Moviéndolo más cerca, ella envolvió un lazo de la cuerda alrededor de sus bolas.

Mientras él miraba, ella hizo una sola bobina, pasó el extremo cortado a través de la bobina, alrededor de la longitud de la cuerda, y nuevamente a través de la bobina.

"Se llama nudo de bolina", le dijo. "Es bueno por dos razones. Primero, porque es fácil de desatar. Segundo, una vez que está hecho, no se apretará".

Ella apretó la cuerda alrededor de la parte superior de su saco de bolas y terminó el nudo.

Estaba ajustado, pero no cortaba la circulación.

"¿Ves?" ella preguntó.

Cuando ella tiró de la cuerda, él se vio obligado a moverse hacia ella.

Haciendo una segunda bolina en el extremo opuesto de la cuerda, formó un segundo lazo.

Él hizo una mueca cuando ella tiró de la cuerda.

"Perfecto. Ahora date la vuelta e inclínate, he estado esperando para probar a este chico malo".

Antes de darse la vuelta, Patrick la vio recogiendo la pala de cuero que estaba en su lista.

Varias de las cosas en su lista requirieron una visita a una tienda especializada en una parte poco recomendable de la ciudad.

La tienda en especial ofrecía tatuajes, piercings, tenía una línea completa de accesorios de "tabaco" y un área exclusiva para adultos que presentaba una amplia gama de ayudas "matrimoniales".

Junto con la variedad esperada de vibradores, consoladores, tapones y lubricantes, había una sección entera dedicada a látigos, cadenas, palas, accesorios de cuero y otros objetos que lo llenaron de terror tanto como lo había excitado.

Después de un día de haber sido molestado por Katy, lo había encontrado muy emocionante.

Ahí fue donde encontró la cuerda, la paleta y muchas otras cosas depositadas en la mesa.

Katy lo golpeó con la pala, golpeándolo una y otra vez hasta que su trasero se calentó como lo había hecho ayer.

La pala cubría ambos nalgas, aunque ella demostraba su puntería alternando entre ellas.

Ella se reía mientras trabajaba y cuando se detuvo, su trasero ardía y estaba tierno.

"¿Ya estás duro?"

"No Ama", informó.

Ella lo golpeó de nuevo.

"Bebe un poco más de agua, descansa e intentaremos esto nuevamente en unos minutos".

De pie en la mesa, la observó medir cuerdas más gruesas.

Después de cortar diferentes longitudes, derritió los extremos antes de que pudieran deshilacharse.

"El trabajo con cuerdas es un arte". Ella habló sobre páginas web dedicadas a la práctica y cómo solía practicar con su novia. "Nunca había engañado antes con esto, y solo jugamos con una cuerda", explicó. "Ella no es muy buena atando, pero fue amable al dejarme practicar. Y creo que le gustó".

Recogiendo sus cuerdas, arrastró una silla de la mesa hacia la sala de estar.

Hizo que Patrick yaciera sobre el asiento sobre su pecho y estómago.

Trabajando rápidamente con las cuerdas, ella ató sus muñecas a dos piernas e hizo lo mismo con sus rodillas, dejando su espalda expuesta a ella.

Arrodillándose frente a él, ella le ofreció un trago de su vaso de agua.

"Bebe", le dijo, vertiendo el agua más rápido de lo que él podía beber.

Moviéndose detrás de él, tiró de la cuerda que aún colgaba de sus bolas.

Patrick fue impotente para evitar que lo hiciera.

"¿Ya estás duro?"

"No Ama", dijo, preguntándose cómo se podría poner duro si ella lo lastimaba.

"Ah, eso es muy triste", dijo, volviendo a la mesa para tomar un pala.

Ella le dio un par de golpes, recuperando rápidamente el dolor punzante de sus nalgadas anteriores.

"¿Y qué tal ahora?"

"No Ama", repitió, sintiéndose impotente.

"Tal vez esto ayude."

Patrick sintió que empujaba un dedo dentro de su trasero expuesto.

Ella empujó tan profundo como pudo.

Sacando su dedo, lo hizo de nuevo con un segundo dedo.

Ella giró sus dedos, estirándolo y lubricándolo.

Ella reemplazó sus dedos con un tapón trasero.

Alcanzando entre sus piernas, ella acarició su polla.

Sus dedos todavía estaban resbaladizos por el lubricante.

Ella la frotó hasta que su polla volvió a estar dura.

"Mucho mejor", dijo.

De pie frente a él, recogió su ropa del sofá donde la había dejado.

Ella se la puso.

Deteniéndose para darle otro trago de agua, ella le dio unas palmaditas en la cabeza.

"No vayas a ningún lado", dijo ella y él la escuchó irse.

CAPÍTULO 6

Patrick no supo cuánto tiempo había pasado atado a la silla con el tapón trasero en el culo.

Supuso que llevaba una media hora, pero no tenía forma de medir el tiempo.

Intentó contar, marcar el tiempo, pero le resultó difícil hacerlo constantemente.

Contando lentamente, llegó a seiscientos dos veces, pero sabía que había perdido la cuenta dos veces más cuando pensó que ella regresaría pronto.

Y no estaba seguro de cuánto había esperado antes de comenzar a contar.

Algo de tiempo, estaba seguro. ¿Cinco minutos? ¿Diez?

Le dolía el culo por las nalgadas.

Su polla se mantenía hinchada.

Joder, ella era muy bonita.

¿Dónde estaba ella?

¿Cuándo volvería?

¿Realmente jugaba juegos de amarre con su novia?

¿Cuál novia?

¿Se turnaban para atarse así?

Él comenzó a contar de nuevo.

Cuando llegó a trescientos, decidió que eran otros cinco minutos.

Estaba distraído por la necesidad de orinar.

¿De eso se trataba eso del agua?

Comenzó a contar de nuevo, al principio desde trescientos uno y luego decidió que no importaba.

Comenzó de nuevo la cuenta desde uno.

La nariz de Patrick le picaba.

Lo movió lo mejor que pudo.

¿Y si le hubiera pasado algo?

¿Quién lo encontraría así y cuánto tiempo tomaría?

Podía gritar, pero aún no.

Él comenzó a contar en voz alta.

"Uno. Dos. Tres ..."

Llegó a seiscientos otra vez.

Perdido en pensamientos preocupados, se dio cuenta de que ya no estaba duro.

Maldición, no podía dejar que lo encontrara así.

Quería que su polla volviera a crecer.

Se imaginó el cuerpo desnudo de Katy, su lindo trasero y sus alegres tetas.

Maldición, tenía que orinar.

Sus pezones eran tan gordos y grandes.

¿Cómo los escondía cuando estaba en el trabajo?

Él se rió, imaginándola caminando por la sección de comida congelada de una tienda de comestibles.

¡Maldición, eso sería un gran espectáculo!

Cuando comenzó a contar de nuevo, flexionó su polla con cada número.

En parte, porque tenía que orinar y en parte para mantenerse duro.

Estaba a punto de llegar a cien cuando oyó que se abría la puerta principal.

"Ah, me esperaste", dijo. "¿Todavía estás duro, espero?"

"Sí, Ama", dijo, aliviado de escucharla.

Katy le desató las cuerdas.

"Bueno, ponte de pie, sacúdete y echemos un vistazo".

Si bien las cuerdas nunca impidieron su circulación, aún le tomó un momento para ponerse en pie.

Su polla dura se levantó con orgullo.

"Mm, eso se ve bien", dijo, frotándola.

Ella estaba comiendo una manzana.

"¿Quieres un poco?" ella preguntó.

Ella frotó la manzana contra su polla y bolas antes de ofrecérsela por un bocado.

Cualquier lubricante que haya estado sobre él debe haber sido absorbido por su polla, pero el simbolismo no se lo perdió él.

"¿Sediento?" preguntó ella, frotando la manzana en su polla de nuevo antes de darle un segundo mordisco.

"No, Ama. Necesito orinar".

"¿Perdón?"

"Lo siento, puedo esperar".

"Toma, bebe un poco de agua", dijo ella, entregándole el vaso.

Tomó un sorbo.

"Ah puedes beber más que eso", insistió.

Tomó otro sorbo.

"Vamos, un poco más".

Usando la cuerda atada a sus bolas como correa, ella lo llevó a la cocina, abrió el agua y llenó su vaso.

El sonido del agua corriendo aumentó su necesidad de orinar.

Ella sonrió cuando él se retorció.

"¿Algún problema?"

"Realmente me tengo que ir", admitió.

"¿Perdón?" preguntó ella, dejando correr el agua.

El asintió.

Ella le entregó el vaso y le dijo que volviera a beber.

Mientras él sorbía el agua, ella abrió el congelador, sacó un par de cubitos de hielo y los arrojó dentro del vaso.

Tirando de su correa, ella lo condujo de vuelta a su sala de estar.

"Necesitaré tu ayuda con esta posición", dijo.

Ella lo hizo recostarse en el suelo, acurrucarse y poner las rodillas sobre su cabeza como si estuviera atrapado en medio de un salto mortal.

"¡Perfecto!" ella le dijo, acariciando su trasero.

Haciéndolo más fácil para él, ella hizo que descansara la espalda contra el frente de su sofá.

Si bien la posición era molesta, no era incómoda.

Moviendo la silla cerca de su cabeza, ella le azotó las rodillas y lo encerró en la posición.

Sonriendo, ella acarició la parte inferior de sus bolas.

"¿Confortable?"

"En realidad no", dijo, preocupado de que ella lo dejara así.

"Ah, pero esto es muy divertido", dijo ella, sacando el juguete de su trasero.

Regresando a la mesa, regresó con un consolador largo y delgado y más lubricante.

Aplicando un poco de lubricante al juguete, lo metió dentro de su culo hacia arriba.

"¿Ves? ¿No es divertido?"

Patrick no respondió.

Su polla estaba dura, apuntando directamente a su cara, y todavía necesitaba orinar.

Ella empujó el juguete hacia arriba y hacia abajo, como si estuviera batiendo mantequilla.

"Vamos, admite que te gusta esto".

Como no lo hacía, ella frunció el ceño.

"Apuesto a que también puedo pegarte así". Ella se levantó, tomó la pala y le dio unos golpes a su tierno trasero. "¿Eso está mejor?"

"No Ama".

"¿Pero no es esto lo que querías? Dijiste que querías ser controlado, ¿no?"

"Si Ama."

"Usado. Humillado. ¿Abusado?"

"Si Ama."

"Atado, ignorado, o cualquier otra cosa que elija hacer, ¿verdad?"

"Si Ama."

"Bien. ¿Aún necesitas orinar?"

"Si Ama."

"¿Qué tantas ganas?" preguntó ella, levantando el vaso de agua helada y colocándolo contra el fondo de su saco de bolas.

"Muchas", dijo, obligándose a detener el flujo.

"Entonces adelante", dijo, con una amplia sonrisa malvada en su rostro.

Patrick luchó contra el impulso dentro de su cuerpo, lamentando todo.

Si hacía pipí ahora, haría pipí en su cara y su alfombra.

Su palabra segura vino a mi mente y se movió a sus labios.

"Para ..." dijo, deteniéndose antes de decir algo más.

"¿Sí?" preguntó, luciendo tan encantada ahora como siempre. "¿Ya te rompí?"

Ella movió el vaso alrededor de sus bolas, burlándose de él con su fría humedad.

Ella le echó un poco de agua en la cara.

Desde la cocina, todavía podía oír el agua corriendo por el grifo.

"¿Quizás esto ayude en su lugar?" preguntó ella, agarrando su polla y acariciándola. "Si te corres en la cara, entonces quizás te desate antes de que te orines a ti mismo".

Patrick deseó que fuera tan fácil, pero ese puente ya ha sido cruzado por su cuerpo.

Su necesidad era liberar su vejiga, no sus bolas.

"Por favor, Ama", rogó.

"Tu palabra segura es 'paraguas'", le recordó. "Dilo y te desataré. Dilo y todo esto termina".

Patrick gimió.

Él no lo diría.

No podía.

Ella no iba a ganar.

"Jódete", dijo.

"Oh, respuesta incorrecta", dijo ella, vertiendo el agua helada sobre él.

Los cubitos de hielo rebotaron en su rostro mientras el agua salpicaba contra él.

Ella rió.

"Soy muy paciente", dijo.

Dejando el vaso a un lado, comenzó a quitarse la ropa.

Desnuda, ella se sentó a horcajadas sobre él.

"Toda esta charla sobre orinar me hizo tener ganas a mí".

Levantó el vaso, lo sostuvo entre las piernas y soltó la vejiga.

Observó el vaso llenarse con su orina.

Escuchó el chapoteo que hizo.

Fue demasiado para él.

Orinó, salpicando su rostro con la corriente cálida y húmeda.

La cálida orina salpicó su boca y le subió por la nariz.

Cuando jadeó buscando aire, se la llevó a la boca.

Incapaz de detenerse, ralentizar o controlar el flujo, le entró en los ojos y el cabello, y cuando trató de apartar la cabeza de él, en los oídos.

Lo peor era cuando le subía por la nariz, obligándolo a jadear por aire y escupirlo por la boca.

Su corriente disminuyó hasta que la última parte débil de su necesidad roció su cuello y pecho.

Riendo, Katy le dio la vuelta a su vaso y también le echó el pipí encima.

CAPÍTULO 7

Sus hábiles dedos desataron los lazos alrededor de sus rodillas.

Ella le permitió desenrollarse, pero lo mantuvo tendido sobre la alfombra mojada.

Sus manos lo guiaron mientras él mantenía los ojos cerrados por la orina en su rostro.

Ella lo hizo girar, tumbarse y sintió que se arrodillaba sobre su cabeza.

Echó un vistazo y la vio a horcajadas sobre su cabeza.

"Abre la boca", dijo, presionando su coño contra su cara.

"Vaya, un poco más", dijo, rociando un último chorro de orina en su boca antes de frotarlo contra su rostro.

Acostado en un charco de orina, se comió su coño, lamiendo y chupando su clítoris y sus labios desnudos mientras su polla palpitaba con una necesidad diferente.

Humillado, avergonzado, mojado y sintiéndose sucio, todavía sentía la lujuria por un orgasmo que solo ella podía permitir.

Riendo y chillando, ella se corrió.

"¡Maldición, señor Adams, usted es bueno en eso!"

Todavía cegado por la orina en su rostro, ella ayudó a Patrick a ponerse de pie.

Tirando de la cuerda alrededor de sus bolas, ella lo llevó al baño y lo ayudó a pasar por el borde de la bañera.

Abriendo el agua, ella lo dejó detrás de la cortina plástica de la ducha.

Se duchó, se secó y la encontró sentada en el comedor con la ropa puesta.

Al llamarlo, ella desató la cuerda alrededor de sus bolas, señalando que incluso mojado, su nudo era fácil de desatar.

"Hiciste un buen trabajo", le dijo ella, sosteniendo sus caderas. "Esta es tu recompensa".

Acariciando sus bolas afeitadas, chupó su polla, dándole la mejor mamada que podía recordar.

Le advirtió antes de venirse, en caso de que no le gustara tragar.

Algunas mujeres eran reacias al respecto, pero ella no se detuvo.

Pero después de que él se vino, ella se levantó, acercó su rostro al de ella y lo besó profundamente.

Mientras se besaban, ella empujó su orgasmo de su boca a la de él.

CAPÍTULO 8

Después de que ella se fue, él se vistió y alquiló un limpiador de alfombras.

El requisito de estar desnudo con la mayor frecuencia posible era más fácil que tratar de estar constantemente duro.

Pero después de su tarde juntos, encontró las dos cosas fáciles.

Imaginar a su Katy desnuda lo emocionaba.

Su sentido de propiedad pronto lo metería en problemas.

"¿Quién soy?" Katy le preguntó cuándo llegó al trabajo.

Era la segunda vez que hacía la pregunta.

"Mi Ama", respondió de nuevo, aunque la duda se apoderó de él.

"Asume el puesto", exigió.

Dejándose caer los pantalones, se inclinó, exponiendo su trasero desnudo hacia ella.

Ella usó una de las espátulas de la tienda otra vez.

Después de poner ambas nalgas rosadas, ella le preguntó de nuevo.

"¿Quién soy?"

"¿Katy María Gonzales?" él tentó.

"Joder, eres una estúpida perra", dijo, golpeándolo de nuevo.

Katy tenía un sistema para azotarle el culo.

Ella alternaba las nalgas y otras ubicaciones, produciendo una sensación uniforme y punzante desde la parte superior de sus muslos hasta la parte inferior de su espalda.

Su primera serie de golpes había picado.

La segunda serie le prendió fuego.

"Aquí tienes tu pista. Estabas más cerca la primera vez. Ahora dime, ¿quién soy yo?"

"¿Ama Katy?" el intentó de nuevo.

"¡Maldita sea, estabas tan cerca!" dijo ella y lo golpeó varias veces más en cada nalga. "¿Quién soy?"

"Ama, por favor", rogó. "No lo sé."

"No, ya sabes", dijo, arrojando la espátula al fregadero. "Lo acabas de decir. Soy Ama. NO soy tu Ama. Soy Ama para quien yo quiera. Maestra y sólo Ama, ¿me entiendes?"

"Sí, Ama", dijo.

Katy se abofeteó la cara. "

Levántate. Déjame mirarte. ¿Estás duro?"

Patrick se enderezó, asustado.

Había estado duro.

Estaba duro cuando ella llegó al trabajo, pero durante la brutalidad de sus nalgadas, su erección se había desvanecido.

Su polla quería estar dura, pero su cuerpo encontró difícil resolver los mensajes mezclados con un trasero dolorido.

Su polla se destacaba directamente de su cuerpo en esa posición de medio mástil entre una erección completa y estar demasiado suave para ser utilizada.

Ella bajó la mirada hacia su polla.

"¿Y si quisiera follar ahora? ¿Podrías follarme con eso?"

"Sí, Ama", le aseguró, la idea resolvió la confusión en su cerebro.

Su polla se puso más rígida.

"¿Quieres un orgasmo?"

"Su voluntad, Señora". Patrick se negó a caer en sus trampas.

"Sí, mi voluntad", estuvo de acuerdo, buscando dentro de su bolso su teléfono celular.

Tocó un par de pantallas.

"Si lo deseo, ¿me darás un orgasmo ahora mismo?"

"Si Ama."

"Entonces tienes sesenta segundos para hacerlo", dijo, tocando su teléfono y mostrándole el temporizador.

Patrick trabajó su polla rápido y duro, esforzándose por llegar al orgasmo en el tiempo requerido.

No sucedió.

"Oh, lo siento mucho", dijo Katy, sonriendo. "Mejor suerte la próxima vez."

Levantando la espátula, le dio seis golpes más antes de permitirle que se vistiera.

CAPÍTULO 9

La próxima vez pasó una hora después.

"¿Todavía estás duro para mí?" preguntó ella cuando terminó de atender a una anciana y a su esposo.

"Sí, Ama", informó, dando un paso alrededor del mostrador para que ella pudiera ver el bulto dentro de sus pantalones.

"Sesenta segundos", le dijo ella, sacando su teléfono del bolsillo e iniciando el cronómetro.

Patrick entró corriendo en la trastienda, abriéndose los pantalones e intentó masturbarse para ella.

Cuando él no pudo producir un orgasmo en el tiempo asignado, ella agitó su dedo en círculo, indicando que debería darse la vuelta.

Seis golpes más le devolvieron el calor, la quemadura y la picadura en el asediado culo.

"Ve de nuevo", dijo ella, reiniciando el reloj.

Recibió seis golpes más por fallar.

Decidido a ganar su juego, Patrick hizo todo lo posible para mantenerse al borde de un orgasmo.

Se frotó la parte delantera de sus pantalones, manteniéndose duro y necesitado.

Si había clientes, se frotaba contra el mostrador, con la esperanza de mantener su ventaja.

Pero cometió el error de correrse cuando Katy tomó uno de sus descansos asignados.

Después de esperar a un par de clientes, su mente se dejó llevar.

Cuando Katy regresó a la tienda, revisó el frente del local, sacó su teléfono y dijo: "Sesenta segundos".

Mientras lo intentaba, se dio cuenta de que no valía la pena el esfuerzo.

Aceptó su paliza y aprendió su lección: ¡Para estar listo, hay que mantenerse listo!

***

Terminó el día de trabajo sin recibir otra paliza u otro desafío de sesenta segundos.

Se sintió nervioso, su polla estaba hinchada y necesitada y le dolía más que el culo después de una de sus nalgadas.

Antes de irse, Katy acarició el bulto en la parte delantera de sus pantalones.

"Pobre bebé. Pareces listo para estallar".

De puntillas, ella le plantó un beso en sus labios y se fue.

Antes de cerrar la puerta, agregó:

"Recuerde, no hay orgasmos sin permiso".

CAPÍTULO 10

Katy tenía el día siguiente libre.

Trabajando en la tienda con uno de los otros miembros de su equipo, Patrick usó un delantal para ocultar su erección.

No quería estar duro.

No trató de ponerse duro.

Pero su necesidad era demasiado grande.

Cosas simples aceleran su imaginación.

Envió su empleado a casa temprano y cerró la tienda solo.

Sintiendo un mejor control, trabajó con un poco de papeleo antes de dirigirse a su casa.

* * *

Cuando llegó a casa, vio los suministros de Katy colocados en la mesa del comedor y tuvo un gran reacción.

Su polla se endureció cuando se quitó la ropa y se sintió solo.

Maldición, ¿se le había metido debajo de su piel tan rápido?

* * *

Pasó una noche inquieta frente al televisor deseando que ella llamara o pasara por allí.

Ella no lo hizo.

Le preocupaba que lo castigara.

Le preocupaba que ella hubiera perdido interés.

Pensó en llamarla o enviarle mensajes de texto, pero decidió que no debía.

Sentado desnudo en su sofá, su polla se mantenía dura.

Con una sensación muy solitaria, se fue a la cama a las once.

CAPÍTULO 11

El viernes por la mañana, Katy llegó al trabajo dos minutos antes de abrir.

"Hola, señor Adams", sonrió radiante, tan llena de alegría como siempre.

"Buenos días, Ama", dijo, contento de que su polla estuviera duro para ella.

Katy pasó velozmente junto a él, comprobó la caja registradora y ayudó con el resto de la apertura.

"Parece un buen día, ¿crees que estaremos ocupados?"

"Probablemente", dijo.

"Supongo que estaré ocupada en las ventanas", dijo, recogiendo el taburete, el aerosol de la ventana y la pila de toallas de papel que necesitaría.

La limpieza de ventanas era una tarea habitual los viernes por la mañana.

A Patrick le gustaba que la tienda se viera muy limpia antes del fin de semana.

"¿A menos que tenga algo más que quiera que haga?"

"Como desee, Ama".

Ella le dio una sonrisa y se puso a trabajar, dejándolo preguntándose qué estaba pasando.

¿Había abandonado su juego?

***

El soleado día de primavera atrajo a los clientes.

Pronto, estaban ocupados reabasteciendo la barra de relleno, monitoreando las máquinas de yogurt congelado y limpiando después de que se fueran los clientes.

Patrick estuvo todo el tiempo dándole vueltas, queriendo preguntarle a Katy si las cosas estaban bien entre ellos, pero no pudo encontrar las palabras.

Preguntó antes de tomarse un descanso, tomó solo media hora, y luego sugirió que él también tomara uno.

Patrick no necesitaba un descanso, pero no quería decepcionar a la Ama.

Se sentó en su auto durante media hora, con la polla ansiosa por la atención que ella se negó a prestarle.

CAPÍTULO 12

El viernes y el sábado, la tienda permaneció abierta hasta las nueve.

A las cuatro, apareció el segundo turno.

Cuando vio a Katy preparada para irse, Patrick entró en la trastienda, esperando una pista de lo que estaba sucediendo.

Ella se detuvo frente a él, bajó la mirada hacia el firme interior de sus pantalones y sonrió.

Le frotó el bulto y dijo:

"Te veré esta noche".

* * *

Cerca de la medianoche, Patrick dejó de pensar en que la vería hoy.

Apagó la televisión y comenzó su rutina nocturna.

Le dolía la polla dura, palpitaba y exigía atención, pero se negaba a prestarla.

Estaba preparando la cafetera para la mañana cuando vio un destello de faros en su camino de entrada.

Él sonrió, preguntándose dónde debería estar cuando ella entrara.

¿Debería encender la televisión de nuevo y actuar de manera informal?

¿Debería estar junto a la puerta?

Abandonando el café, decidió arrodillarse frente a su puerta.

Una borracha Katy abrió la puerta de par en par.

Se tambaleó adentro con tres tipos cercanos a su edad.

"Mierda", dijo un hombre de cabello rubio con su brazo alrededor de Katy cuando vio a Patrick arrodillado en el suelo.

Era el único sobrio del grupo.

"¿Creías que estaba mintiendo?" Katy preguntó, acariciando el cabello de Patrick.

"¡Qué mierda!" dijo un joven musculoso con cabello oscuro.

"Oye, ¿este esclavo tuyo tiene algo de beber?" preguntó el tercer hombre, siendo el último en entrar. Se detuvo en la puerta. "¡Amigo, estás desnudo!"

"Está bien, esto es oficialmente extraño", dijo el rubio, pareciendo inseguro de sí mismo.

"A la mierda, Ben. Katy dijo que sería extraño", dijo el chico de cabello oscuro.

"Sí, pero maldición", insistió Ben, sosteniendo la cintura de Katy, pero mirando a Patrick.

"¿Los chicos desnudos te molestan?" Katy le preguntó.

"Simplemente es extraño. ¿Puedes hacer que se vista o algo así?"

"Podría, pero me gusta así".

"¿Te lo follaste?" preguntó el musculoso chico de cabello oscuro.

"Cojo con él", se rió Katy. "Mira con esto."

Después de hacer que Patrick se parara contra la pared, ella comenzó a sujetar pinzas para la ropa a sus bolas.

"¡Oh, mierda, eso tiene que doler!" dijo el último hombre en la casa de Patrick, retorciéndose e instintivamente llevando las manos a sus bolas.

"¿Tú quieres intentarlo?" ella le preguntó.

"¡De ninguna manera!"

"Vamos, Joe. Deja que te ponga una pinza en las bolas", se burló el chico de cabello oscuro.

"Jódete, Tom. Hazlo tú".

"Entonces, ¿tiene que hacer lo que tú digas?" Ben, el rubio sobrio, preguntó.

Todavía miraba con los ojos bien abiertos.

"Cualquier cosa", dijo ella, sonriéndole.

Había un brillo de satisfacción en sus ojos que hizo que Patrick se sintiera bien.

"Haz que se masturbe y se lo coma", dijo Tom, el chico musculoso.

Katy se volvió hacia el hombre de cabello oscuro y le agarró la entrepierna.

"No me digas qué hacer, Tom, o estarás parado a su lado".

Tom hizo una mueca.

"WOW baby, relájate. Solo estoy tratando de divertirme un poco".

"Yo también", dijo Katy, sosteniendo su agarre un momento más antes de que ella lo soltara.

Tom retrocedió un paso, dándole una mirada cautelosa.

Patrick sonrió de lado.

"Pero si ella te pidiera que hicieras eso, lo harías, ¿no?" Ben le preguntó a Patrick, sus ojos finalmente se alejaron de la entrepierna de Patrick.

Era una suposición de su parte, pero Patrick no respondió.

Katy lo consideró por un momento, sonrió y le dio un discreto asentimiento de aprobación.

"Él es mío, Ben, no tuyo", le dijo al rubio.

Quitó las pinzas de las bolas de Patrick, se dio la vuelta y se enfrentó al trío de hombres.

"Está bien, ¿quién quiere follar?"

"Tengo que amar a una mujer que sabe lo que quiere", dijo Joe.

"Parece que tenemos un ganador", dijo Katy, empujando a Joe frente a ella hacia la habitación de Patrick y tirando de Patrick detrás de ella por su polla dura.

"¿Vas a follarlos a los dos?" Ben preguntó.

"Quizás", dijo Katy.

Mientras avanzaban por el corto pasillo, Patrick escuchó que su televisor volvía a la vida cuando Ben y Tom comenzaron a reír.

Katy colocó a Patrick contra la pared al pie de su cama.

"¿Tiene que mirar?" Joe preguntó.

"¿A quién le importa?" Katy dijo, presionando contra el hombre.

Mientras lo besaba, ella empujaba su mano hacia una de sus tetas.

Cualquier preocupación que Joe tenía sobre Patrick desapareció.

Joe y Katy tuvieron sexo juntos.

Ellos jodieron, pero Patrick no sabía cómo describirlo.

No había afecto, amor o pasión por lo que hicieron.

Katy rasgó la ropa de Joe, lo desnudó y frotó su polla dura mientras él terminaba de quitarle la ropa.

"Quiero comer esto", dijo, ahuecando su coño desnudo.

"Quiero joder esto", insistió Katy, empujando al hombre hacia atrás en la cama.

Ella se subió encima de él, guiando su polla dura dentro de su coño y rebotando.

"Estás loca como la mierda", dijo, agarrando sus alegres tetas.

"Solo cállate y muévete", dijo.

"No puedo durar", gimió.

Miró a Patrick, pero rápidamente apartó la vista.

Su jodienda duró unos pocos minutos.

"Córrete dentro de mí", le dijo Katy. "Quiero sentirlo."

"Oh, sí. ¡Joder, sí!" Joe dijo, con las manos en su culo.

Patrick observó que el placer del hombre lo consumía.

Observó mientras Joe se soltaba, liberando su orgasmo dentro de ella.

"¡Oh, joder, sí!"

Katy rodó fuera de él.

Acostada a su lado, lo besó.

"Gracias", ronroneó.

"Dame un minuto y podemos hacerlo de nuevo".

"Quizás más tarde", dijo, señalando la puerta con la cabeza.

"¿De verdad?"

"Dije que quería follar, eso es. Follamos. Ahora vete a la mierda", le dijo.

Joe parecía confundido, pero salió de la cama, se puso la ropa interior y los jeans y la miró.

"Eres un bicho raro", dijo.

"Probablemente tengas razón. Cierra la puerta detrás de ti".

Cuando él se fue, ella miró a Patrick.

"Límpiame."

De rodillas al lado de su cama, Patrick no dudó en presionar su boca contra su coño usado.

No le importaba el orgasmo de Joe.

En cambio, estaba encantado de que se le permitiera complacer a la Ama.

Lamió, lamió y chupó su depilado coño, deleitándose en cómo ella se retorcía debajo de él.

Él le dio el orgasmo que ella no tuvo con Joe.

"Suficiente", dijo ella, alejando su cabeza.

Ella señaló el pie de la cama.

Patrick no necesitaba más instrucciones que eso.

Se paró contra la pared, su polla dura goteaba líquido preseminal mientras ella salía desnuda de su habitación.

"¿Quién es el siguiente?" la escuchó preguntar.

Pareció haber una discusión en la otra habitación antes de que Ben entrara detrás de Katy.

Miró de un lado a otro entre Katy y Patrick.

Incluso cuando Katy lo desnudó, Ben siguió mirando a Patrick.

"No estás duro", dijo ella, frotándolo.

"¿Qué va a hacer?" Ben preguntó.

Katy estaba concentrada en la polla suave de Ben.

Hizo un gesto a Patrick para que se acercara.

Con una mano sobre su hombro, ella lo empujó hacia abajo.

"Él va a chuparte la polla mientras nos besamos", dijo. "Una vez que estés duro, podrás follarme".

Agarrando la cara de Ben, presionó sus labios contra los de él.

Manteniendo una mano alrededor de la parte posterior de su cabeza, empujó la cabeza de Patrick hacia adelante.

Patrick abrió la boca, tomando la polla flácida del joven entre sus labios.

Ben no estaba duro, pero tampoco estaba blando.

Su polla estaba llena, pero no lo suficiente como para estar dura.

Cuando Patrick chupó, sintió que la polla del hombre crecía.

Escuchó a los dos gemir dentro de la boca del otro cuando la polla de Ben encontró su fuerza.

"¿Quieres joder o quieres terminar en su boca?"

"Está bien", dijo Ben, mirándolos con la misma expresión de ojos abiertos que había estado usando desde su llegada. "Si acabo mientras me la chupa, ¿eso me hace gay?"

"No tú, pero te convierte en un hijo de puta", dijo Katy, riendo.

Ella empujó la cara de Patrick contra la entrepierna de Ben y volvió a besar al hombre, dejando a Patrick para terminar con él.

Patrick no sabía qué esperar.

Nunca consideró la idea de chupar una polla.

Sintió un cálido sonrojo llegar a su rostro cuando Katy señaló que ahora era un hijo de puta, pero pasó rápidamente.

Le gustaba que le chuparan la polla e intentaba hacer lo que le gustaba le hicieran a él.

Giró su lengua sobre y alrededor de la cabeza de la polla del joven.

Sacudió la cabeza de un lado a otro, sabiendo que se sentía bien cuando se lo hacían.

Sintió la polla del hombre, eso fue interesante, y se dio cuenta de que el hombre pronto llegaría al orgasmo dentro de su boca.

Sin saber cómo prepararse para la experiencia, mantuvo un ritmo constante y lo esperó.

Cuando sucedió, la fuerza del primer chorro contra el techo de su boca lo sorprendió, pero no lo amordazó.

El semen del hombre tenía un ligero sabor ácido, pero no era desagradable.

"¿Crees que también podremos follar?" Ben preguntó.

"Un orgasmo para cada cliente", dijo Katy, alejándose de Ben. "Tengo que orinar", dijo, saliendo de la habitación.

"¿Has hecho eso antes?" Preguntó Ben, poniéndose los pantalones.

"No", dijo Patrick.

"¿Fue raro?"

"En realidad no. Estuvo bien".

Los ojos de Ben volvieron a la dura polla de Patrick.

Echó un vistazo a la puerta abierta, se encogió de hombros y terminó de vestirse.

"Más tarde nos vemos amigo", dijo.

* * *

Patrick se paró a los pies de la cama mientras Katy y Tom se pusieron manos a la obra.

Tom estaba más borracho que Joe.

Una vez que estuvo desnudo, no le importó la falta de juego previo de Katy.

Golpeó el trasero desnudo de Katy.

"¿Estás lista para esto?" preguntó.

"Adelante", dijo, dejándose caer de espaldas sobre la cama.

"Está bien", dijo, abriendo la parte delantera de sus pantalones.

Sin bajar más los pantalones que hasta el trasero, cayó sobre Katy y comenzó a follarla.

"Hazlo, jodido semental. Córrete para mí".

"Oh sí, bebé. Voy a hacerlo", prometió.

Se movió más rápido, sacudiendo la cama de Patrick, pero no duró más que Joe antes de arquear la espalda y correrse.

"¿Cómo estuvo eso, bebé?"

"Normalito", dijo ella, alejándolo de sí misma.

"¿Ah sí? Dame un minuto y te lo mostraré de nuevo", dijo, sentándose en la cama y arañando sus tetas.

Katy apartó la mano de un golpe.

"Tuviste tu oportunidad. Ahora vete a la mierda".

"¿Por qué, entonces para hacerlo con él?"

"Tal vez", dijo ella. "A menos que quieras probarlo tú primero".

"Jódete", dijo Tom, parándose y subiéndose los pantalones. "¿Quieres que envíe de vuelta a Joe?"

"No, ya terminé. Ve a tu casa".

"Ah, no seas así, bebé".

"¿No seas como qué?"

"No lo sé, ¿una perra?"

Katy saltó de la cama en una oleada de manos agitando, abofeteando al hombre mucho más grande.

"¿Cómo coño me llamaste?"

"¡Oye, oye, oye! Solo estaba bromeando", dijo, retirándose.

"¡Salgan!" gritó ella, siguiéndolo por el pasillo. "Todos ustedes. Váyanse a la mierda".

Patrick escuchó algunas objeciones confusas.

Se movió hacia el pasillo, de pie detrás de la Ama y con los brazos cruzados.

"Escuchaste a la mujer. Vete a la mierda antes de que sea mi turno de follarte".

Eso pareció convencer a los hombres más jóvenes de que era hora de irse.

"¡Maldito maricón!" Gritó Tom, el último en salir por la puerta.

CAPÍTULO 13

"Buen trabajo", dijo Katy, volviéndose y sonriéndole.

Tirando de él de la mano, ella lo llevó a su sofá.

Apagó la televisión, se sentó y abrió las piernas.

"¿Todavía quieres comer este coño?"

Parte del semen de Tom se había filtrado de su coño y corría por su muslo.

"Sí, Ama", dijo Patrick, arrodillándose.

Sosteniendo su pantorrilla, comenzó lamiéndole el muslo, su lengua trazando la longitud del semen.

Tomándose su tiempo, lamió el resto de su coño afeitado antes de enterrar su lengua entre sus labios inferiores.

Katy se retorció y gimió de placer una y otra vez antes de detenerlo.

"Suficiente", dijo ella, alejándolo.

Acunando su rostro mojado, ella lo consideró por un largo momento.

Inclinándose hacia adelante, ella lo besó, empujando su lengua dentro de su boca.

"Te gusta esto, ¿no?"

"Me gustas, Ama", admitió.

"Siéntate", dijo, acariciando el sofá a su lado.

Inclinándose hacia adelante, recogió un par de pinzas que quedaban en la mesa de café.

Ella las puso a sus pezones antes de balancear su pierna sobre él, mirándolo a horcajadas.

Se colocó justo hasta que su cálido y húmedo coño se deslizó alrededor de su polla dura y dolorida.

Ella se acomodó encima de él, sin moverse.

Su polla palpitaba locamente dentro de ella, amenazando con llegar al orgasmo por nada más que la sensación de ella a su alrededor.

Katy le acarició la cara.

"Le chupaste la polla". El asintió. "Sabes que eso te hace maricón, ¿verdad?"

"Su voluntad, Señora".

Ella lo besó.

"Creo que te creo".

"La Ama debería", dijo, seguro de que estaba cruzando una línea al decirlo, pero ella lo recompensó con otro beso.

Mirándolo de nuevo, ella puso sus manos sobre sus hombros.

Lentamente, ella se levantó de él una vez antes de establecerse nuevamente.

Una vez más, su polla palpitaba profundamente en su necesidad.

"He querido esto por mucho tiempo", le dijo. "Desde antes de que comenzara nuestro juego".

Patrick la miró sin saber qué decir.

Decidiendo que era mejor permanecer en silencio, lo hizo.

Ella se levantó de él y bajó de nuevo, sonriendo cuando su polla palpitó de nuevo.

"¿Cuántas veces crees que puedo hacer eso antes de que te corras?"

"No muchas", admitió.

"Si le hubiera dicho a uno de esos tipos que te jodiera el culo, ¿lo habrías dejado?"

"Sí, Ama. Tu voluntad. Siempre."

"¿Cómo se siente eso?"

De nuevo ella se levantó y cayó.

"Entregarte tan completamente. ¿Qué se siente?"

"Celestial."

"¿Qué pasa si te dejo ahora mismo?" preguntó ella, apartándose.

Ella le empujó hacia atrás, sentándose más cerca de sus rodillas mientras su polla dura bailaba en el aire.

"¿Sería cruel si te dejara así de duro?"

"Tu voluntad."

"¿Debo usar la pala de nuevo?"

"Tu voluntad."

"¿Y no te importaría? ¿No necesitas un orgasmo?"

"No tanto como creo que necesito esto", dijo, señalando con la cabeza las pinzas de sus pezones y queriendo decir todo.

"Explícate."

"Te siento en todas partes. Siempre".

"¿Incluso hoy cuando te ignoré?"

"Especialmente hoy. Estaba confundido, temía que no me quisieras, pero eso no cambió nada para mí".

Riendo, ella se movió sobre él.

"Estuviste muy duro en el trabajo hoy".

Su polla palpitaba con nueva fuerza.

Estaba contento de que ella lo hubiera notado.

"Por usted, Ama. Gracias a usted, ayer también estuve duro".

Ella se rio de nuevo.

"Lo sé. Lo escuché. Estás teniendo una buena reputación para tener un problema".

"Sí. Tú, Ama."

"Esto es para mí", dijo ella, levantándose y cayendo sobre él. "No te detengas. Dámelo. Quiero esto. Quiero sentir que te vienes dentro de mí, por mí".

Ella lo jodió con golpes largos y lentos; como si estuviera saboreando la sensación de él.

"Hazlo", ronroneó ella. "Córrete para mí."

Como por orden, aunque probablemente fuera por necesidad acumulada, Patrick lo hizo.

Llegó con una fuerza y satisfacción que curvó los dedos de sus pies.

La vio mirándolo, estudiándolo mientras su orgasmo funcionaba a través de su cuerpo.

"Joder, eso estaba caliente", dijo ella cuando él se relajó, gastado por el momento.

Alcanzando entre ellos, ella frotó su clítoris, llevándose a un orgasmo que él sintió como una serie de apretones rítmicos alrededor de su polla aún dura.

"¿Puedes hacerlo de nuevo?"

"Creo que sí", dijo, retorciéndose debajo de ella.

El cuerpo de Katy estaba tan bien y su necesidad era tan grande que sintió que podía hacerlo cientos de veces más esa noche y aun así querría hacerlo de nuevo.

Ella se movió arriba y abajo, deleitándolo.

"¿Ya estás listo?"

Sintiéndose como un chico de dieciocho años, asintió.

"Creo que lo estoy."

"No, perra. No pienses. Dime. ¿Estás listo? ¿Puedes llenarme por segunda vez?"

"Sí", dijo, sintiendo un pulso tranquilizador de su polla.

"Bien", dijo ella, balanceándose sobre él un par de veces más antes de detenerse.

"Joder, eso es bueno", ronroneó, con los ojos cerrados.

Permaneciendo quieta, tomó varias respiraciones lentas y profundas.

"Está bien", dijo ella, abriendo los ojos. "Estoy bien."

Patrick sonrió, sin saber a qué se refería, pero lo encontró divertido.

Parecía que estaba tratando de recomponerse.

Ella sacudió la cabeza, volteándose el cabello moreno sobre los hombros antes de quitarle las pinzas de la ropa de los pezones.

Ella frotó su pecho, como si estuviera limpiando el dolor.

"¿Está bien si te llamo Patrick?" ella preguntó.

Era la primera vez que la había escuchado usar su primer nombre.

"Su voluntad, Señora".

Katy sacudió la cabeza.

"No, así es como lo digo en serio. Quiero decir, ¿puedes ser solo Patrick por un momento y yo solo soy Katy?"

"Supongo", respondió confundido.

"No, lo digo en serio. Esto no es una orden, es solo una pregunta. Solo quiero ser Katy y Patrick por un minuto. ¿Podemos hacer eso?"

"Sí, supongo", repitió. "Una especie de momento extraño".

"Lo sé", dijo y parecía nerviosa. "Pero es importante y quiero la respuesta real". El asintió. "Cuando eres mi esclavo, ¿hay algo que no harías por mí?"

"Matar a alguien", dijo, encogiéndose de hombros. "Pero eso no es realmente un juego sexual, ¿verdad?"

"Correcto. Así es como lo digo en serio. Sexualmente. ¿Hay algo que no harías como mi esclavo sexual?"

"No puedo pensar en nada", dijo, su polla palpitaba, de acuerdo con él.

"¿Por qué?"

"¿Porque es divertido?" él ofreció.

"¿Ser azotado es divertido?"

"En cierto modo", dijo. "Quiero decir, duele, pero lo estás haciendo por una razón. Me duele más cuando te decepciono".

"Entonces, si quisiera verte ser violado en grupo por ciclistas, ¿lo harías?"

"Como tu esclavo, sí".

"¿Qué tal como Patrick?"

"Lo siento, no puedo de esa manera", se rió.

"Pero le chupaste la polla".

"Pero para Ama, aunque eres lo suficientemente caliente, probablemente yo también lo haría por ti".

"¿De verdad?"

"Probablemente no", admitió. "Quizás. No lo sé".

Ella se movió contra él.

"¿Esta bien?"

"Hace calor como el infierno, pero estoy bien".

"¿Puedes besarme? Quiero decir, como Patrick. ¿Puedes besarme?"

Inclinándose hacia adelante, lo hizo.

No estaba seguro de lo que ella esperaba, así que la besó como lo haría con cualquier amante.

Mientras su beso permanecía, él deslizó su lengua dentro de su boca y disfrutó el momento.

"¿Como eso?"

"Sí, eso estuvo bien".

Había sentido su coño contraerse durante su beso.

Sin que se lo preguntaran, la besó de nuevo.

Como antes, ella se retorció y su coño se contrajo.

"Una vez tuve una novia que me dijo que todas las mujeres deberían tener al menos una aventura con un hombre mayor".

"¿Es raro?"

"No, está bien. Tenía razón. Los mayores son mejores".

"Los hombres mayores se vuelven tontos por una cara bonita".

"¿Solo por la cara?" preguntó ella y ambos se rieron.

"Bueno, cara y otras cosas", dijo, acariciando sus largos y gordos pezones.

Cuando ella se inclinó hacia atrás, arqueando la espalda, él lamió, chupó y mordisqueó sus pezones.

"No pares", dijo ella, levantándose para besarlo antes de inclinarse hacia atrás para ofrecerle nuevamente su pecho.

Patrick no paro.

Él chupó sus tetas como lo haría si ella fuera su novia.

Él acarició su pequeño y apretado culo, palpando la carne firme de su trasero.

Cuando ella se retorció, él movió sus manos hacia sus caderas.

Guiándola de arriba abajo, se besaron y follaron.

A diferencia de los jóvenes con lo que había follado esa noche, Patrick se tomó su tiempo.

Él lo hizo con pasión, tomándola como lo habría hecho con una de los conejitas de fitness en el club de salud si hubiera tenido la oportunidad.

No se sorprendió cuando ella se corrió y no se detuvo.

La llevó a un segundo orgasmo, encontrando esta vez su propio orgasmo con el de ella.

"Maldición, Patrick" dijo ella, abrazándolo. "Estas bien."

"Tú también", dijo, sosteniéndola hasta que su respiración volvió a la normalidad.

"¿Está bien si me ducho?"

"Claro", dijo, soltándola.

"Podrías lavarme la espalda si quieres".

CAPÍTULO 14

Lavada y seca, ella sostuvo su mano mientras conducía el camino de regreso a la sala de estar.

"Todavía somos Patrick y Katy, ¿verdad?" ella preguntó.

El asintió. "Bien, entonces está bien si hago esto, ¿verdad?"

Ella lo empujó hacia el sofá y volvió a subirse a sus piernas.

Ella le acarició la polla y las bolas hasta que volvió a estar duro.

Sonriendo, ella lo montó de nuevo.

"No estoy borracha", dijo ella, besándolo.

"Estabas antes".

"Estaba alegre", admitió. "Pero no borracha".

"Interesante."

"¿Me crees cuando digo que no estoy borracha ahora?"

Patrick asintió con la cabeza.

Si lo estaba, había pasado suficiente tiempo para que ella se sintiera sobria.

Después de que se besaron de nuevo, ella se apartó.

"Gracias."

"¿Por qué?"

"Por dejarme sentir la diferencia entre Patrick real y Patrick esclavo". Ella lo besó. "Eso me hace querer esto más".

"¿Querer qué?" inquirió, preguntándose si su juego había terminado.

"Esto", dijo ella, recogiendo las pinzas que todavía estaban colocadas en el sofá.

Ella hizo una mueca después de sujetar la primera a su pezón derecho.

"WOW", dijo ella, sorprendida por lo mucho que dolía.

Sujetó la segunda a su pezón izquierdo.

Ella se bajó de él, recogió la pala y se la entregó.

"Ahora es tu turno. Azótame".

FIN

PERRA NAZI
POR
ERIKA SANDERS

Sede de la Gestapo en París

Departamento FEM1

Miércoles 30 de octubre de 1940 8:00 de la mañana.

Me desperté abruptamente, dolorida por todas partes.

Los músculos de mi cuello me estaban matando y me sentía mareada.

La luz de la mañana, que entraba por la ventana, iluminando mi escritorio y mi cara.

Cerré los ojos y los froté con fuerza.

Debo haberme quedado dormida durante la noche mientras revisaba un montón de informes que habían llegado el día anterior.

Una mirada al espejo reveló la cara de cansada de una linda muchacha de diecinueve años con ojos y cabello castaño oscuro que parecía que no había dormido lo suficiente durante días.

Lamentablemente, el espejo nunca miente.

Había estado trabajando durante quince horas cada día durante las últimas tres semanas debido al hecho de que una gran red de espías había quedado expuesta.

Mi padre se mantuvo muy alto en la jerarquía del partido nazi en Berlín y, como resultado, fui nombrada jefe de gabinete del departamento FEM1 de la Gestapo en París.

Nuestro departamento constaba solo de mujeres y era responsable de interrogar a las mujeres cautivas.

Mi rango era de teniente y bajo mis órdenes directas había dos sargentos con el nombre de Michelle y Kat, ambas de la edad de veinte años.

Michelle era francesa con el pelo largo y oscuro y hermosos ojos penetrantes.

El tamaño de su copa era 90 C, igual que el de Kat, y era delgada y atlética.

Por otro lado, Kat era holandesa con cabello largo y rubio, ojos azul verdoso y pantorrillas perfectas.

Ella era unos centímetros más alta que Michelle y pesaba unos pocos kilos más.

Ambas tenían grandes culos apretados y las piernas más largas de París, que yo supiera.

Yo era un poco más alta Kat y el tamaño de mi copa era 95 B.

Una mirada a mi escritorio reveló la presencia de un nuevo documento.

Alguien debe haberlo traído durante mi descanso y haberlo dejado allí.

El documento se refería a la transferencia de una mujer cautiva que había sido atrapada durante una redada de la Gestapo a un café parisino.

La prisionera en cuestión parecía ser una ciudadana estadounidense de veinticinco años, residente de Nueva York, y ella era ... ¿negra?

Inmediatamente fruncí el ceño y pensé que eso se estaba volviendo muy interesante.

El archivo adjunto en el documento decía que debía interrogar al sujeto y extraer cualquier información valiosa por cualquier medio disponible.

Descolgué el teléfono y ordené a Kat y Michelle que se cambiaran de ropa y que me encontraran en el sótano.

También me cambié rápidamente y bajé las escaleras que conducían al sótano.

Michelle y Kat ya estaban allí, vestidas con sus atuendos "de interrogatorios".

Cada una llevaba una máscara de cuero negro con aberturas para los ojos, la nariz y la boca.

Sus cabellos estaban atrapados en una cola de caballo detrás de sus cabezas.

Los corsés de cuero negro se apretaban alrededor de sus delgados cuerpos, haciendo que sus pechos desnudos aparecieran como gemelos picos de montañas carnosas.

Llevaban guantes negros de cuero en los codos y alrededor de sus brazos derechos había una banda elástica roja y blanca con una esvástica negra en el medio.

Pequeñas cuerdas de cuero negro, casi inexistentes, cubrían sus entrepiernas y dejaban sus culos totalmente expuestos.

Ambos llevaban medias negras de nylon y botas Wehrmacht.

"Traigan a la prisionera y átenle las manos en esas cadenas colgantes", les ordené.

"Ja, mi Ama" ambas exclamaron.

La trajeron y aseguraron sus manos levantándolas en las cadenas colgantes.

Me tomé mi tiempo y la inspeccioné de arriba a abajo a fondo.

Parecía no más de un metro sesenta altura y unos sesenta kilos.

Sus ojos negros en forma de almendra reflejaban la luz artificial del sótano como espejos mágicos y su nariz era de una típica afroamericana.

Una boca bastante grande con carnosos y suculentos labios húmedos traicionó su deseo desenfrenado de placer oral.

Su cabello negro hasta los hombros era largo y liso con largos rizos al final.

Llevaba un apretado vestido floral largo y amarillo que resaltaba las dimensiones perfectas de su cuerpo.

Con todo, ella era una pequeña chica de chocolate y estaba segura de que mis chicas disfrutarían de este plato exótico a su gusto, ya que nunca antes habían tenido la oportunidad de conocer gente de color.

"Me gustaría que me informaran de la razón de mi arresto. Soy ciudadana estadounidense y no tienes derecho a mantenerme aquí. Las condiciones de mi detención son absolutamente escandalosas. No he dormido, comido y bebido en muchas horas Deberías haber informado a la embajada estadounidense sobre mi captura y exijo ... " ella trató de protestar.

"¿Exiges? ¿DEMANDAS? No estás en condiciones de exigir nada. ¿Te das cuenta de cuál es tu situación? Te acusan de ser una espía y esto solo conlleva la sentencia de muerte. Así que será mejor que comiences a hablar, porque no tengo mucho tiempo a mi disposición "le grité.

"Debe haber un error en sus informes. Estoy segura de que me ha tomado por otra persona. Es mi primer viaje a Europa y visité París por sus atracciones nocturnas. Me quedé atrapada aquí cuando estalló la guerra y no pude encontrar la manera de regresar a casa. Su policía me arrestó mientras hablaba con un hombre que organizaría mi viaje de regreso. No sé nada más ".

"¿Cuál es tu nombre?" Le pregunte a ella.

"Mi nombre es Gina, teniente", dijo.

"De ahora en adelante me llamarás la Señora Vicky. ¿Eso se entiende?" Dije y al mismo tiempo la abofeteé fuerte.

"¡Ouch! ... Sí ... Sí ... Señora ... Vicky ..."

"Escucha, perra degradada. Vas a contarme todo en detalle. No quiero desperdiciar mi valioso tiempo contigo. Dame nombres, ubicaciones, códigos y todo lo demás requerido. Prometo no dañarte y dejar que vayas cuando terminemos o descubrirás lo cruel que puedo ser ". Le dije mientras tiraba de su cabello.

"Aaaahhh ... lo juro por Dios ... Yo no sé ... nada ... por favor ..."

"¿Quieres jugar duro? Ya veremos sobre eso. KAT Y MICHELLE SE OCUPARAN DE TU ROPA AHORA. ¡DESNÚDENLA COMPLETAMENTE!" Ladré mis órdenes.

Kat y Michelle con ojos salvajemente brillantes se lanzaron sobre su víctima indefensa y comenzaron a romper su vestido en pedazos.

Gina retorcía su cuerpo desesperadamente mientras unos dedos versátiles le arrancaban el vestido, el sujetador, la correa, el liguero y las medias de nylon sin piedad.

Terminó usando solo un par de tacones blancos y nada más.

Parecía que la pequeña muestra de mi autoridad sobre Gina no había dejado a nadie sin afectar.

Los pezones hinchados de color rosa pálido de Kat competían con los hinchados y marrones de Michelle en términos de belleza, tamaño y dureza.

Los ojos de Michelle estaban fijos en la reluciente hendidura peluda de Gina y su lengua humedecía sus carnosos labios, mientras que Kat acariciaba los magníficos pezones de Michelle con su mano derecha mientras que la izquierda estaba enterrada entre sus muslos lechosos.

"¿Te gusta lo que ves Michelle?" Yo le pregunté.

"Sí, señora, es tan hermosa e indefensa", dijo Michelle.

"¿Te estás excitando por un sucio coño negro?" Grité

"Sí, señora ... Umm ... Nooooo ... no lo estoy ..." Michelle intentó disculparse.

"¿HAS OLVIDADO QUE PERTENECES A LA RAZA ARIANA? Estamos destinados a gobernar el mundo. Está en nuestros genes imponer nuestra supremacía y reglas a los demás. Debemos esclavizar al mundo entero y traer el amanecer de una nueva era. ¡La era del NUEVO ORDEN! No habrá otros maestros que nosotros. Negros, amarillos, rojos están obligados a servir y trabajar para la gloria del tercer Reich".

"Mira y dime qué hay en común entre tú y esa perra. Usted y Kat pertenecen a los mejores ejemplos que nuestra raza tiene para mostrar. Kat es alta, blanca e inteligente; parece una Valquiria del norte, llena de poder y gloria, lista para matar a sus enemigos, ¡y lo está!

"Te pareces a tus grandes antepasados gaélicos que nunca dejaron de luchar valientemente contra todos sus numerosos enemigos, contra viento y marea. Esos grandes hombres y mujeres han dejado su marca indeleble en ti. ¿No puedes verlo? ¿No puedes sentirlo? ¿No has leído cómo luchaban, defendiendo su cultura, sus familias y su país?"

"¿Estás segura de que quieres compararte con esta gente que pasan todo su tiempo corriendo desnudos y apareándose rodando en el barro? ¿Qué saben sobre cultura y civilización? Absolutamente nada. Incluso mi Dóberman los supera a todos con extrema facilidad."

"Tu nación ha criado a tantos grandes hombres y mujeres que contribuyeron tanto al mundo que no tendría sentido referirse a sus logros. Estás deshonrando tu legado. ¡Me estás asqueando! "

"Lo siento, señorita Vicky, no quise decir lo que dije antes. Humildemente le pido que me perdone. Por favor, señora, se lo ruego. No me envíe al pelotón de fusilamiento. Yo ... le haré cualquier cosa para complacerla como siempre lo hago ... Por favor ... "rogó Michelle.

"Eres muy afortunada Michelle porque tengo en mi corazón mucho amor por ti. No te reportaré a mis superiores, pero te concederé el deseo que estabas buscando. Te doy la oportunidad de servir a ese miserable ano y coño usados. EN TUS RODILLAS Y LÁMALE EL CULO, ¡¡¡PERRA!!! " Le grité y desabotoné la chaqueta de cuero negro hasta la rodilla de mi oficial.

Michelle se arrodilló y se arrastró hasta la espalda de Gina.

Me deshice de mi chaqueta y me quedé allí con las piernas separadas y las manos en la cintura.

Llevaba un corsé de cuero negro que no tapaba el pecho, con tirantes, y un par de guantes a juego.

Cuatro hileras de cadenas metálicas, con sus bordes unidos a cada correa, cubrían mis senos desnudos y una correa de cuero sin entrepierna abrazaba mis caderas firmes.

También llevaba botas de cuero hasta el muslo con tacones de aguja.

Michelle comenzó a acariciar y besar el perfecto culo negro de Gina con impaciencia.

Sus manos abrían y cerraban sus nalgas con lujuria sin freno.

Estaba amasando, masajeando, besando y lamiendo esas esferas negras, en ese orden, sin prestar atención a nada más.

Su lengua se estaba volviendo loca en la grieta del culo de Gina, provocando el agujero negro con la punta implacablemente.

Incluso metió la nariz dentro e inhaló el aroma almizclado de su ano.

"Kat, quiero que azotes el trasero de Michelle sin remordimiento. Enséñale una lección. Disciplínela como yo lo haría", le dije con total disgusto.

"Mmmmm ... Ciertamente lo haré Ama ... Es un placer" respondió Kat alegremente.

"¡Haz que ese trasero se ponga rojo! ¡Castiga y ara su audaz trasero con el instrumento de destrucción! ¡Quiero ver su piel blanca y aterciopelada derramando lágrimas de sangre!" La incité.

"Ja. Ama."

Obedientemente, Michelle levantó su trasero y esperó lo inevitable, aunque siguió empujando su ágil lengua roja dentro del canal anal de Gina.

Ella debía haber estado haciendo un gran trabajo porque Gina jadeaba y mecía su pelvis incontrolablemente.

Kat se colocó detrás de Michelle e infligió el primer golpe al voluptuoso trasero de Michelle.

Sus costados se retorcieron y dejó escapar un pequeño gemido dentro del culo de Gina.

Kat volvió a golpear y Michelle mordió con fuerza la carne de culo de Gina, que a su vez gimió y arqueó la espalda.

Me acerqué a Gina y comencé a enrollar sus hinchados pezones marrones entre mis dedos índice y pulgar.

Ella gritó en agonía y la abofeteé muchas veces.

Luego ahuequé sus senos y los amasé con fuerza.

Me tomé un tiempo abusando de sus tetas mientras la miraba a los ojos.

Mientras tanto, Kat estaba azotando el culo de Michelle con gran experiencia y muchas ronchas rojas habían aparecido en su piel maltratada.

Michelle nunca dejó de joder el culo de Gina, a pesar de que su trasero sufría mucho por la lluvia de golpes de Kat.

"¿Tienes algo que decirme?" Le pregunté a Gina irónicamente.

"Mmmmmm ... ¡Ay! ... Oohhh ... te ... te dije ... no sé nada ... por favor ..." gimió.

"Entonces, estás insistiendo en tu historia. Muy bien, continuaré entonces".

"¡Kat! Deja de frotarte el coño y concéntrate en tu deber. Ponte el falo grande y folla el culo de Michelle. ¡AHORA!"

Mientras Kat se sujetaba el arnés con falo grande de veinte centímetros de largo y siete centímetros de ancho a la cintura, agarré un látigo de cuero de cinco colas de la mesa cercana.

Luego comencé a azotar las pequeñas tetas de Gina, asegurándome de golpear sus pezones duros con cada golpe también.

También estaba insultándola con nombres como puta barata, coño usado, negra, perra sucia, ano sucio y otros.

Kat se colocó detrás de Michelle y se sentó a horcajadas.

Dobló las rodillas, dejó a un lado la cuerda de cuero de Michelle y guió la cabeza del falo a la entrada de su ano.

Para entonces, Michelle estaba de rodillas y besando y lamiendo los tobillos de Gina.

Kat empujó con fuerza y plantó su "pene femenino" dentro de la apretada abertura anal receptiva de Michelle.

Michelle sacudió su cabeza, lanzando su cabello al aire, y gimió de dolor mientras Kat agarraba sus costados con sus manos, usándolas como anclas para estabilizarse.

Kat luego procedió a follar por el culo a Michelle violentamente al tomar un ritmo rápido y constante.

Mientras azotaba las alegres tetas de Gina, noté que su montículo peludo y su hendidura estaban empapados.

Su clítoris rojo sobresalía de su capucha negra, estimulado demasiado por la acción en curso.

La puta de chocolate debe haber estado disfrutando lo que estaba pasando.

Inmediatamente volví mi atención y comencé a azotar su barriga y sus muslos.

Las correas de cuero de mi látigo abrazaban salvajemente cada curva de su cuerpo como lenguas de serpientes, dejando sus marcas innegables por todas partes.

Incluso su clítoris hinchado quería compartir su pasión, ya que se estaba extendiendo en un esfuerzo laborioso para recibir el castigo que tan desesperadamente necesitaba.

Unos pocos golpes bien dirigidos en su botón sensible satisficieron completamente esa búsqueda perversa de alivio, a pesar de que el dolor insoportable era el precio que tenía que pagar.

"Agua ... por favor ... dame un poco de agua ... tengo tanta sed ... Ama", suplicó Gina.

"Solo si me das lo que te pido, cumpliré tus peticiones. ¿Estás lista para hablar?" Dije.

"Por favor ... no soy una espía ... solo ... una turista ... yo ... necesito ... agua"

Me puse pálida y me quedé allí inmóvil y sin palabras.

Me imaginé de pie frente al pelotón de fusilamiento ... luego un fuerte golpe ... abrazándome y mordiendo la tierra oscura ... mi papá me daba el golpe de gracia (golpe final) con su pistola ...

Eso era no tener valor.

La escoria había demostrado ser una nuez muy difícil de roer.

Mi vida no valdría un centavo si fallaba en mi deber.

Miré al piso y vi a Kat y Michelle haciendo el amor apasionadamente.

Michelle estaba acostada en el piso con las piernas abiertas y Kat encima estaba golpeando con el falo su coño hirviendo como un alma condenada.

Estaban presionando sus pezones excitados una contra la otra y sus lenguas rojas estaban enredadas en un vals frenético.

Kat y Michelle no podrían preocuparse menos por mi futuro.

La sangre dentro de mis venas comenzó a hervir y mi vista se estaba volviendo más y más oscura.

No podía decidir qué quería hacer primero.

¿Debería estrangular lentamente a Gina, con mis propias manos, muy lentamente?

¿O comenzar a patear los traseros de Kat y Michelle sin parar?

"¡Kat y Michelle detengan lo que están haciendo y vengan aquí! ¡AHORA! ¡Aflojen las cadenas de Gina y prepárense!" Les ordené.

Hicieron lo que se les dijo y Gina cayó de rodillas con las manos aún levantadas.

"Michelle, nuestra prisionera tiene sed. Dale tu néctar".

"Ciertamente Ama".

Michelle acercó su pelvis a la boca de Gina y tiró de su ropa interior de cuero a un lado. Ella separó sus pétalos de rosa y dejó ir su orina humeante y salada.

Gina abrió su gran boca y sacó la lengua cuando Michelle estaba guiando su flujo de orina justo dentro de su garganta sedienta.

Estaba tragando el río amarillo de Michelle ansiosamente mientras su lengua atrapaba en el aire cada gota que no alcanzaba su objetivo.

Kat se acercó y comenzó a orinar en Gina también.

Le estaban bañando con sus fluidos dorados la nariz, los ojos, la boca y las tetas.

Gina se volvió loca mientras intentaba tragarse los torrentes de orina de Kat y Michelle simultáneamente porque no quería perderse una sola gota.

Después de terminar de orinar, Michelle pegó su coño mojado en los labios de Gina.

Inmediatamente Gina comenzó a lamer y mordisquear sus pétalos de terciopelo, chupando profundamente y tragando fluidos de amor y orina.

Envié a Michelle a ponerse un consolador negro de dieciocho centímetros y Kat tomó su lugar en el acto.

Gina abrió la boca tanto como pudo para acomodar el falo grande de Kat.

Kat guió su "pene femenino" dentro de su garganta y comenzó a mover sus caderas de un lado a otro.

Gina tuvo náuseas un par de veces, pero lo siguió tragando.

Rápidamente se acostumbró a sus increíbles dimensiones y, a su vez, comenzó a menear la cabeza, encontrándose los empujes de Kat a la mitad.

Le ordené a Kat que se acostara en el suelo y coloque su pelvis entre los muslos de Gina.

Ella lo hizo y puso su "falo" en posición vertical.

Gina literalmente saltó sobre él y su acalorado coño negro lo envolvió de inmediato.

Estaba balanceando su cuerpo demasiado rápido con la herramienta dura de Kat y sus tetas se balanceaban hacia arriba y hacia abajo siguiendo el ritmo de sus movimientos.

Michelle agarró el cabello de Gina y la hizo inclinarse.

Gina yacía completamente sobre Kat y sus senos entraron en contacto.

Michelle se arrodilló detrás y abrió los glúteos de Gina.

Ella disfrutó la vista del culo de Gina por un momento y luego puso allí la cabeza de su consolador negro.

Michelle empujó con fuerza y pasó la cabeza por el reticente esfínter de Gina con dificultad.

Gina, a su vez, gritó cuando sintió que su trasero era penetrado violentamente.

Parecía que el grito de Gina era la señal para que Kat y Michelle se volvieran locas.

Michelle comenzó a golpear el culo de Gina como una perra en celo y Kat estaba empujando su pelvis perforando el coño estirado de Gina mientras sus manos le pellizcaban sus pezones.

Con dos herramientas trabajando sus agujeros como pistones bien lubricados, Gina no tuvo más remedio que sucumbir.

"¡¡¡¡¡¡¡¡¡¡¡¡¡¡¡¡¡¡¡¡¡¡¡¡¡¡¡¡¡¡¡¡¡¡¡¡¡¡Oh, Dios! ¡Soy una puta! ¡POR FAVOR ... FOLLÉNME ... AMBAS... USTEDES A LA VEZ! ¡¡¡QUIERO SER ... UNA PERRA NAZI ... YO ... QUIERO ... LES DIRÉ ... TODO ... SOLO ... SIGUAN FOLLÁNDOME ... POR FAVOR!!! OHHH ... ME VOY A CORRER!!!!!!!!!!! "

"Sé que lo harás" dije con una gran sonrisa en mi rostro.

FIN

83

GARGANTA PROFUNDA (BDSM)
POR
ERIKA SANDERS

PRÓLOGO

Unos años antes

Todo comenzó cuando el director de una importante empresa de noticias hizo una oferta muy simple durante un evento ceremonial:

"Ven a mi oficina", dijo. "Me encantaría discutir algunas oportunidades de negocios contigo".

Bárbara sintió que estaba flotando sobre las nubes.

Después de pasar la noche codeándose con celebridades y políticos en la lujosa gala, seguramente esta era su oportunidad de conseguir un trabajo a tiempo completo en el mundo de las noticias por cable.

"Eso sería increíble", respondió ella, asombrada.

"Vamos entonces. Probablemente hayas escuchado que estamos en el proceso de pensar en diseñar un nuevo programa en directo y estamos buscando caras nuevas".

En el último año, había proporcionado análisis legales para esta empresa en algunos de los programas mejor calificados.

En Twitter parecía amar sus análisis.

Y en esta empresa, las mujeres tenían que ser hermosas y hablar bien para tener éxito.

El cabello rubio de Bárbara, su ingenio agudo y su nariz alegre le daban todas las características de una estrella de televisión.

"Me gustaría eso", dijo con su sonrisa de calibre de horario estelar, manteniendo su comportamiento profesional, pero amigable.

La ofensiva del encanto del ejecutivo estaba en su apogeo y dejaron la fiesta para discutir las cosas en privado.

La oficina no estaba muy lejos.

Cruzaron la calle, ella con su vestido glamoroso y él con su elegante esmoquin.

La conversación era casual y coqueta, como si estuvieran en una primera cita en lugar de una entrevista de trabajo.

Una vez que llegaron al piso ejecutivo, Bárbara sintió que había entrado en un mundo donde regularmente se llevaban a cabo negociaciones millonarias, un lugar donde las carreras se hacían o se destruían.

Poniendo su cara perfecta de póker, estaba decidida a enmascarar sus nervios.

La oficina principal era inusual.

Estaba diseñada y amueblada para parecerse a un hogar acogedor.

Había sofás de cuero y armarios de madera.

Había libros en los estantes y cuadros en la pared.

Las paredes eran de color oscuro y era fácil sentirse relajado.

Después de servir unas copas de un whisky escocés, el jefe se puso hombro con hombro con Bárbara frente a una gran ventana que daba a la ciudad.

Allí, discutieron sus ambiciones, esperanzas y sueños.

Mientras respondía estas preguntas honestamente, ella se sintió alentada de que él pareciera reconocer que ella era más que una cara hermosa.

"Vayamos a los negocios", dijo, inclinándose cerca de su oído. "Eres una mujer muy inteligente y estoy seguro de que ya has descubierto cómo funciona este negocio".

Ella levantó una ceja.

"¿Oh? ¿Y cómo funciona?"

"Bueno, ya sabes, las mujeres hermosas como tú no llegan al asiento de presentadora en mi empresa a menos que cooperen".

"Siempre he sido una jugadora de equipo", respondió Bárbara.

Él mostró una sonrisa encantadora.

"Sabes a lo que me refiero, ¿verdad?"

"¿Oh si?" ella se rió. "¿Para ti y para quién más?"

Bárbara sabía exactamente a qué se refería el jefe, ya que había escuchado los rumores.

Ella había asumido que la mayor parte eran puros rumores, o al menos así le parecía por lo que pensó que el jefe estaba utilizando esos rumores para tomarle el pelo.

Ella trató de reírse, esperando que fuera un malentendido.

No obstante, él se mantuvo serio en el asunto.

"Todo el mundo en política y en los medios tiene su amigo. Así es como funciona. Y si sucediera esto, creo que encajarías perfectamente. Tienes todas las cualidades que busco en una mujer".

Ella tragó saliva.

"¿Y qué tendría que hacer?"

"Si quieres jugar con los grandes, tendrás que jugar según nuestras reglas. Tal vez tengas que hacer una mamada de vez en cuando".

Como era una mujer a la que le encantaba chupar una polla, era una propuesta interesante.

Pero nunca antes había mezclado negocios con el placer.

Con su sumisión final en el horizonte, nunca se había sentido tan en conflicto.

"Debes estar bromeando", dijo con cautela.

"¿Esto te hace sentir incómoda?"

"Eres un hombre realmente encantador, pero siempre he confiado en el poder de los méritos por el trabajo realizado. He trabajado muy duro toda mi vida".

"No puedes ser tan ingenua", cuestionó. "Estoy seguro de que la mayoría de tus jefes han estado tratando de follarte. Y probablemente algunas de tus jefas también".

"Lo sé. Tienes razón. ¿Es eso lo que estás tratando de hacer ahora? ¿Intentar follarme?"

Él asintió brevemente.

"Para ser honesto, disfruto ser dominante. Pero también soy extremadamente generoso con mis empleados. Puedo convertirte en la estrella que siempre quisiste ser, porque tienes ese potencial. ¿Alguna vez has participado en actividades BDSM?"

"Nunca", respondió ella, sintiéndose sin aire.

"¿Temerosa?"

"Nunca me habían preguntado eso antes. Sin embargo, estaría abierta a eso, pero con la persona adecuada".

"Por lo que sé has sido siempre una mujer heterosexual", dijo. "Eso está bien. Pero no hay nada malo con la tortilla. Y me encanta presentar y entrenar a las mujeres a mi estilo de diversión".

Los latidos del corazón de Bárbara se elevaron ante la idea de ser "entrenada".

Era una oferta tentadora, especialmente porque él parecía tener experiencia.

Ella respiró hondo.

"Me estás haciendo sonrojar ahora mismo".

Se pararon uno frente al otro.

El jefe la miró profundamente a los ojos, como si planeara su próximo movimiento.

El jefe se alejó de ella y abrió un cajón del escritorio.

En el interior había todo tipo de juguetes; palas, azotes, vibradores.

El estado de ánimo en la sala cambió cuando tomó una correa atada a un collar de cuero.

"¿Eres un buena chupadora de pollas?" preguntó impasible, mientras sostenía los juguetes.

Ella tragó saliva.

"Sí, lo soy. Me encanta hacerlo".

"¿Tienes algún reflejo de nauseas al hacerlo?"

"Lo normal", admitió.

"Bueno, tendré que poner a prueba tus habilidades orales. Después de todo, ese es un rasgo muy importante para cualquier presentadora de noticias, ¿no crees?"

Durante los siguientes quince minutos, Bárbara estuvo arrodillada mientras se la chupaba después de que él le hubiera asegurado el collar alrededor de su cuello.

Nunca se había sentido tan impotente como ahora al sentir la correa que su jefe sujetaba con fuerza.

Cuando su gruesa polla entró en su boca, todo lo que pudo hacer fue acomodar la circunferencia mientras comenzaba a chupársela.

Como muestra de dominio, de vez en cuando él tiraba de la correa firmemente.

Si el objetivo era probar su reflejo nauseoso, ella estaba decidida a pasar esta prueba.

Para cuando terminó el acto sexual, la anterior apariencia glamorosa de Bárbara había desaparecido completamente.

Su rímel estaba corrido por sus mejillas debido a las lágrimas que le vinieron con las náuseas.

Su lápiz labial estaba manchado y había gotas de leche blanca en la barbilla, que se había filtrado de los alrededores de su boca.

Bárbara bajó la cabeza para que le quitara la correa.

Esto había sido tanto estimulante como humillante al mismo tiempo.

Sintiéndose confundida, no sabía cómo reaccionar después de un momento como este.

Este era ciertamente un territorio nuevo.

El dedo del jefe le levantó su barbilla y se miraron a los ojos.

Ella permaneció de rodillas, con la polla húmeda del jefe todavía colgando frente a su cara.

"No le digas a nadie sobre esto", dijo con una sonrisa astuta. "Pero todo ha sido grabado en video. Me gusta tener todo el poder. Te he llamado la atención ¿verdad? Ahora, ¿hablamos de negocios?"

Bárbara jadeó, antes de plasmar una falsa sonrisa en su rostro.

CAPÍTULO 1

Después de tres semanas de diligente investigación y vigilancia, Julieta estaba en movimiento.

Atrás quedó su propio cabello castaño corto y desordenado.

Ahora ella era rubia.

Su vestuario previamente sencillo había sido reemplazado por un vestido sexy, acentuando las formas de su cuerpo.

No muchas personas conocidas de su vida personal la habrían reconocido.

Ella podría ser lo que un cliente necesitara que fuera.

Con un aspecto como el de ella, nadie se atrevió a cuestionar sus verdaderos motivos mientras se registraba en la recepción de seguridad del vestíbulo con un nombre falso.

Y cualquier preocupación residual que ella tuviera por estar medio tambaleándose con sus nuevos tacones había desaparecido.

Ya había dominado estos tacones altos y de hecho notó unos cuantos ojos errantes en sus piernas.

Se apreció el poderoso chasquido de sus tacones en el piso de baldosas mientras se dirigía hacia el elevador.

Oh sí, ella había llegado.

* * *

Después de llegar al piso apropiado, fue por el pasillo a un lugar que nunca pensó que visitaría.

Pasando junto a pasantes ocupados, empleados atropellándose entre sí y mujeres inteligentes y sexys preparándose para sus apariciones en televisión, Julieta logró mezclarse entre ellos.

A la vuelta de la esquina estaba el vestuario.

En el interior, vio a su hermana mayor separada del resto, sentada frente a un espejo mientras un equipo de estilistas terminaba de hacer su magia.

Como siempre que la veía después de un tiempo, Julieta se quedaba asombrada de la belleza de su hermana mayor.

Habían pasado años desde la última vez que hablaron en persona.

Siempre habían estado separadas ya que su drama familiar mantenía una brecha entre ellas.

Pero al final, la familia es la familia, y se sentía obligada a hacer cualquier cosa por su hermana mayor.

Llamó al marco de la puerta para llamar su atención y los estilistas la miraron con leve curiosidad.

Después de un momento, su hermana mayor se adaptó a la nueva apariencia de Julieta.

Bárbara hizo un gesto a los asistentes de maquillaje y vestuario.

"Hemos terminado. Darnos algo de privacidad".

Los empleados huyeron de su exigente jefa, dejando a las hermanas solas.

"¿Sorprendida de verme?" Preguntó Julieta, entrando al vestuario y cerrando la puerta.

"En realidad lo estoy. Me asombra que ya no parezcas una marimacho. Te pareces mucho a mí ahora, con ese vestido y el maquillaje. Y esos tacones. Dios mío, nunca te había visto así".

"Es casi poético que coincidamos en un vestuario, ¿no te parece?"

"Lo siento por todo", respondió Bárbara. "Desearía que las cosas pudieran haber sido diferentes entre nosotras. Quizás después de todo esto, podamos ..."

Julieta intervino.

"Podemos resolver nuestras diferencias la próxima vez. Estoy aquí para hacer un trabajo y necesito mantener la cabeza en su sitio. Nunca he hecho algo así antes. Nunca. Y es solo porque somos familia ".

"Gracias. Serás recompensada generosamente por tu trabajo".

"Según lo que he leído sobre ti en los tabloides, espero una tarifa seria. Parece que has recibido varias ofertas impresionantes de otras redes de cable".

"Si puedes ayudarme, todo lo que tienes que hacer es decir tu tarifa". Julieta asintió con la cabeza.

"Un amigo pudo obtener los códigos de seguridad y el diseño del piso. Definitivamente es factible".

"Vaya amigos que tienes".

"Se necesita un equipo para realizar este tipo de trabajos", respondió Julieta. "¿Hay algo más que deba saber? ¿Alguna vez te ha amenazado abiertamente? Si hago esto, ¿sospechará que estuviste involucrada?"

Bárbara sacudió la cabeza.

"De ninguna manera. Nunca, ya sabes, me amenazó ni nada. Es solo indicios e insinuaciones en este momento. Sabe que estoy presentando currículums y que quiero irme de aquí. Es entonces cuando hace comentarios sarcásticos sobre nuestra pequeña colección de videos y ... bueno ... entiendes la idea ".

"Eso es chantaje".

"Llámalo como quieras".

"¿Esto también le está sucediendo a otras mujeres en esta empresa?" Pregunto Julieta.

Bárbara casi se rió.

"Una vez me dijo que las mujeres atractivas como yo no salen al aire sin renunciar a algo a cambio. Y sé con certeza que muchas mujeres son sus 'juguetes de jodida', como él lo llama. En cuanto el chantaje sale a relucir, nadie da un paso más. Tienen miedo después de descubrir que sus momentos más íntimos habían sido grabados sin su conocimiento ".

Con su ojo agudo, Julieta notó una tenue serie de líneas en el costado del cuello y los hombros de su hermana.

Peinó el precioso cabello rubio de Bárbara hacia atrás y expuso las marcas.

"Eso fue consensual, espero", dijo Julieta, antes de tocar suavemente las líneas.

Bárbara levantó las pestañas.

"Siempre es consensual".

Después de estudiar el comportamiento humano durante toda su vida adulta, Julieta leyó en el lenguaje corporal y el tono de su hermana.

Ella dudó en preguntar, pero realmente quería saber.

"¿Te gusta tener sexo con él?"

"Sí", dijo Bárbara sin dudarlo. "Siempre has sido una curiosa hermana menor. Estoy segura de que lo entenderás pronto. Me gustaría que no lo hicieras, pero sé que lo harás".

"Tendré que mirar algunos de los videos. No voy a borrar todo su disco duro. Solo las cosas que quieres que descarte".

"Bastante justo. Trataré de no avergonzarme por todo esto".

"Guardo secretos para vivir", respondió Julieta.

"Gracias. Entonces, ¿cómo lo harás?"

Julieta buscó en su bolso y sacó un teléfono inteligente de aspecto ordinario.

Lo levantó para que Bárbara lo examinara.

Después de encender la pantalla, apareció un código encriptado, dejando en claro que estaba lejos de ser un teléfono normal.

"Es el tipo de cosas que usan los espías", dijo Julieta, en un susurro conspirador. "Lo conectaré a su disco duro y borraré cualquier cosa incriminatoria. De todas formas, si se usa para algo más fuerte que grabar a mujeres teniendo sexo, entonces su computadora se bloqueará. Como dije, solo estoy haciendo esto porque eres tú".

Bárbara mostró su sonrisa galardonada.

"No sabía que tenía una sexy técnica nerd en mi hermana. Muchas gracias. Eres un salvavidas".

"No me lo agradezcas todavía, Barb. Es un trabajo arriesgado. Y ten en cuenta que esta tecnología me costó una fortuna, así que espero que me pagues bien".

"July, una vez que tome ese contrato en otra cablera, podrás permitirte el lujo de irte de vacaciones durante todo un año. Confía en mí".

Al ser consciente de que tenía que hacer su trabajo, Julieta miró la hora.

Sí, era hora de entrar en acción.

"Me tengo que ir", dijo Julieta. "La ventana de oportunidad está por abrirse".

A pesar de su largo período de distanciamiento, sus lazos de hermandad permanecían.

Y dándose nerviosos gestos de despedida, estaban decididas a salir victoriosas.

CAPÍTULO 2

La oficina de Stevens estaba en el piso ejecutivo.

Como era de esperar, había varias otras mujeres conversando en el vestíbulo, todas vestidas profesionalmente.

Aunque parecían mujeres corporativas, en realidad habían sido contratadas para otros fines.

Sentada en el vestíbulo, Julieta se mezcló con todas las otras mujeres.

Ella sentía nerviosismo y emoción en el ambiente.

Cuando llegó el momento, dos grandes hombres con trajes negros se acercaron y explicaron a todas que el proceso se haría de forma ordenada.

Las mujeres formaron una fila y uno de los hombres de seguridad sostuvo un portapapeles para verificar sus nombres.

Julieta se paró al final de la fila y supo que esto sería todo un desafío.

Pero ella estaba lista.

Era una mujer ingeniosa, ella siempre tenía alternativas.

Cuando le tocó el turno, se puso recatada frente a los dos hombres descomunales, que parecían indiferentes ante cualquiera de las hermosas mujeres.

"¿Nombre?" el hombre sin expresión preguntó, sus ojos en la lista.

"Karen".

El hombre miró la lista y luego a ella.

"Tu nombre no está aquí. ¿Tienes otro alias?"

"Hmm ... sabía que esto pasaría. La señora Andrea me agregó en el último minuto. ¿No se puede hacer una excepción? Puede llamarla si quiere".

"No puedo hacer eso", dijo el hombre en un tono serio. "Estás en la lista o no".

Julieta fingió decepción y habló con una voz femenina:

"¿Qué tal esta identificación? Parece funcionar en todas partes".

Discretamente, se levantó la parte delantera de su falda y usó su pulgar para enganchar sus bragas.

Tirando hacia abajo, ella reveló un coño recién afeitado.

Este era su plan de respaldo, uno que esperaba evitar usar, sólo para momentos excepcionales, pero sabía que estaba funcionando cuando el hombre con cara de piedra repentinamente rompió su carácter y miró boquiabierto.

"Esa parece una excelente identificación", dijo asintiendo. "Adelante, señorita Karen".

"Qué caballeroso de su parte," coqueteó ella mientras entraba.

* * *

El episodio de la exposición de su coño hizo que Julieta se sintiera incómoda, pero estaba dispuesta a doblegar las reglas en busca de la justicia.

Eso es lo que la convertía en una investigadora privada tan exitosa.

El grupo de mujeres fue dirigido a diferentes habitaciones donde esperaban varios hombres.

Hoy era una especie de "audición", ventajas que la alta dirección se sentía con derecho a disfrutar.

Observando la situación subrepticiamente, esperó hasta que la última mujer se introdujera en una habitación antes escabullirse, sin ser detectada.

Con sus tacones altos, fue una maniobra impresionante.

Debido a las labores de su investigación, ella sabía que la secretaria de Stevens no estaría presente a esta hora para que no presenciara el libertinaje.

Así que Julieta se dirigió a la oficina principal e ingresó la contraseña secreta.

Con esta contraseña se abrió la puerta, por lo que entró discretamente sin hacer ruido.

Este era el dominio de Stevens, el lugar donde el jefe de la empresa hacía sus negocios y tenía las relaciones sexuales.

Lo más importante, aquí era donde se encontraba el disco duro.

Deteniéndose un momento, saboreó la sensación de estar sola en la oficina del jefe.

Prosperaba en trabajos de alta presión como este y encontraba el riesgo estimulante.

Le sorprendió que la oficina tuviera la apariencia de un apartamento de lujo.

Era muy acogedor.

El tiempo era esencial y ella fue directamente a la computadora.

Después de encender la pantalla, vio que estaba protegida con contraseña, como ya había anticipado.

Metió la mano en su bolso y conectó el teléfono inteligente modificado en la entrada USB de la computadora.

Éxito.

Protección tumbada.

Mientras hojeaba los archivos, Julieta se dio cuenta de que ahora tenía acceso a toda la información privada de Stevens.

Ella supo de inmediato que esta computadora estaba conectada a una red completa de cámaras ocultas ubicadas en este piso.

Hizo clic en una de ellas y se sorprendió por lo que estaba sucediendo en otra habitación al final del pasillo.

Dos mujeres coqueteaban con un hombre, y parecía que se turnaban para tragar un consolador.

En otra habitación, tres mujeres tenían las bragas bajadas y parecía que compartían un vibrador.

Apagando las cámaras, volvió a la búsqueda entre los archivos de la computadora.

Y rápidamente encontró lo que estaba buscando.

«Hijo de puta», se susurró a sí misma.

Había carpetas para varias de las mejores presentadoras femeninas en la red, junto con algunas otras personas que ella reconoció.

Lo que todas tenían en común era la apariencia de una chica potente: sonrisas brillantes, piernas llamativas, cabello glamoroso y gran atractivo sexual.

Julieta debatió consigo misma sobre qué hacer a continuación.

Su lado más morboso ganó al final, y ella hizo clic para abrir una carpeta llamada 'Bárbara'.

La carpeta de su hermana.

CAPÍTULO 3

Ella vio la grabación más reciente, que mostraba a su hermana mayor completamente arreglada, y preparada como para salir en su programa de la tarde.

La parte superior del vestido de Bárbara estaba subida y apretada en su cintura.

Mientras estaba tumbada boca abajo en el escritorio del jefe, él la follaba por detrás.

En su mano, sostenía un pequeño látigo y azotaba firmemente la espalda de Bárbara.

Si pusiera el audio, Julieta estaba segura de que escucharía gritos de dolor y placer.

Parecía que el jefe estaba follando a Bárbara por el culo.

"Perra sucia", murmuró Julieta para sí misma con una sonrisa. 'Así es como tienes esas marcas en tu espalda'.

Incapaz de resistirse, Julieta hizo clic en otro video.

Esta vez, vio a su famosa hermana mayor de rodillas, sujeta con un collar con una correa.

Un hombre corpulento, a quien ella reconoció como el guardia de seguridad de antes, tiraba de una correa mientras Bárbara tragaba profundamente, y entre jadeos, chupando a otro hombre, que parecía ser un ejecutivo mayor.

La parte sorprendente, o no tan sorprendente, era que, al final, después de que ambos hombres le hubieran llenado la boca con esperma, Bárbara sonrió y pareció deleitarse con su atención.

Con una sonrisa llena de esperma, parecía que luego conversó agradablemente con los hombres.

Las sospechas de Julieta fueron confirmadas.

Sabía que había una razón por la cual su hermana no quería que ella viera estos videos.

No era solo que existieran las cintas de sexo.

En el fondo, podía ver que Bárbara se había convertido en un producto genuino de BDSM, a pesar del chantaje.

En verdad, también lo era Julieta.

Por eso no podía estar molesta con su hermana.

Tuvo mucha experiencia con el sexo duro durante sus días de juventud, cuando fue ascendida a detective en la policía.

El trabajo tenía sus momentos malos, y el sexo era algo que le quitaba la ansiedad y la suavizaba.

Para ella, el sexo duro era mejor para aliviar el estrés que las drogas o el alcohol.

Ella cerró el video de su hermana chupando pollas y consideró mirar otro.

Pero cuanto más tiempo se quedara, más posibilidades tenía de ser atrapada.

Tenía la intención de hacerle un gran favor a las mujeres de esta empresa al eliminar los archivos y bloquear todo el mainframe.

El jefe merecía quedarse sin nada.

Se detuvo cuando una carpeta llamada 'Poder' llamó su atención.

¿Qué demonios podría ser?

Para un hombre como Stevens, debe haber sido algo extremadamente salaz.

El lado curioso de Julieta ganó y rápidamente echó un vistazo.

Había una lista de apellidos dentro de la carpeta, algunos de los cuales reconoció.

Eran políticos prominentes en todos los niveles de gobierno.

Esto no podría ser lo que ella pensó que era, ¿verdad?

Hizo clic en un nombre reconocible, que parecía ser el apellido del Fiscal de Distrito de la ciudad.

Se reprodujo un video, que parecía una grabación secreta realizada en una lujosa habitación de hotel.

Su sospecha fue confirmada, era el fiscal de distrito, en video, teniendo sexo con lo que parecía ser una escolta femenina.

El fiscal estaba atado mientras le realizaban actos sexuales humillantes.

"Oh, Dios mío", jadeó, al darse cuenta de que acababa de tropezar con un expediente de chantaje.

'¿Para qué demonios era esto? ¿Se iba a usar algún día? ¿Se estaba usando algo ahora?' Ella se preguntó.

Aunque no había hablado con nadie en la fuerza policial durante muchos años, esta era información que debía transmitirse a sus antiguos colegas.

Pero ella tenía un gran problema.

Irrumpir en una oficina y piratear una computadora es ilegal sin una orden.

Sabía que la mejor ruta sería hacer una copia de todo este material y pasarlo anónimamente a sus antiguos colegas.

Alguien sabría qué hacer con eso.

Desafortunadamente, ella no llevaba ningún equipo para hacer una copia, lo que significaba que tendría que regresar mañana y terminar el trabajo.

Julieta desconectó su dispositivo y lo volvió a poner en su bolso.

Usando un pañuelo, limpió el teclado.

Antes de salir de la oficina, cerró los ojos y respiró hondo.

Ella había hecho muchos sacrificios y había pasado por muchas dificultades en la vida.

¿Sería esto realmente peor?

Ella sabía que lamentaría esto.

Con sus impulsos oscuros, estaba desatando un lado de sí misma que desearía poder encerrar para siempre.

Pero esto sería por un bien mayor.

Julieta abrió la puerta y se aseguró de que la costa estuviera despejada antes de salir de la oficina del jefe.

Para poder regresar a este piso mañana, tendría que pasar una de las pruebas y ser "iniciada" en el grupo de acompañantes.

Nunca volvería a ver a estas personas.

Una vez que abandonara su disfraz, nunca la reconocerían.

Entonces habría valido la pena el sacrificio.

CAPÍTULO 4

La sala de sexo oral parecía la menos intrusiva, ya que no tendría que desnudar ninguna de las partes de su cuerpo.

Al igual que su hermana mayor, fue bendecida con la capacidad de meterse una buena polla en la garganta sin tener que vomitar.

Si pudiera hacer esto una vez frente a un grupo de extraños, podría interrumpir una gran conspiración.

Irónicamente, nunca había descubierto una conspiración tan grande, incluso cuando había sido una detective oficial.

Entró en una de las habitaciones donde un hombre bien vestido veía a varias mujeres como chupaban consoladores de varios tamaños.

Estudió las actuaciones con atención para descubrir quién tenía las mejores habilidades naturales, logrando así saber que tendría que hacer para mejorarlas.

Las mujeres tenían lágrimas en los ojos mientras el maquillaje corría por sus mejillas.

"Te toca a ti", dijo el hombre después de que la última mujer hubiera terminado. "Te ves como una chica de veinte centímetros".

Julieta asintió y aceptó el desafío.

"No hay problema"

El hombre no estaba impresionado, como si hubiera escuchado estas mismas palabras miles de veces antes.

Él estaba claramente acostumbrado a conocer mujeres ansiosas por escoltar a figuras exitosas de los medios y que tenían mucho dinero.

Julieta tomó el consolador con indiferencia en un intento de mezclarse con el grupo de trabajadoras sexuales.

Al abrir la boca, devoró el juguete sexual de un solo golpe.

Cerrando los ojos, envolvió sus labios alrededor del consolador y chupó tan fuerte que sus mejillas se doblaron alrededor del juguete de silicona.

Con cada pasada, lo hundía completamente hacia su garganta sin hacer ruido.

Ella abrió los ojos y sacó el consolador cubierto de saliva de su garganta.

Oh sí, el hombre estaba complacido.

Él estaba sonriendo.

"Talentosa", dijo, buscando otro juguete. "Veamos cómo te va con uno de veinticinco centímetros".

Julieta mantuvo su cara de póker.

Esto, ella sabía que era un gran riesgo.

Seguramente se atragantaría, pero no podía mostrar debilidad.

Su capacidad para regresar y terminar el trabajo dependía de que este que pene de goma le bajara a la garganta.

Después de intercambiar consoladores, contuvo el aliento mientras se lo metía en la boca.

Ella no dudó, eligiendo permanecer lo más relajada posible para evitar disparar su reflejo nauseoso.

Sostuvo el consolador en su garganta.

Antes de que pudiera emitir un desagradable gorgoteo, se sacó el consolador de la boca y respiró hondo, manteniendo un comportamiento digno.

"Quiero el trabajo mañana", dijo Julieta, obligándose a sonar tranquila, aunque necesitaría más tiempo para poder respirar bien. "Mis mamadas son mejores que las de cualquier otra mujer en todo este edificio".

Sintió las miradas sucias de las otras aspirantes a escoltas en la habitación, pero tenía cosas más importantes en mente que sus sentimientos.

El hombre asintió con la cabeza.

"Con una boca como esa, ciertamente tenemos un uso perfecto para usted. Esté aquí mañana a las diez de la mañana. Su nombre estará en la lista".

"Gracias", sonrió.

Cuando salió de la habitación, vio al gran trabajador de seguridad una vez más.

Esta vez, parecía de buen humor.

"Soy Adams, por cierto", dijo el hombre de seguridad. "Vi lo que hiciste allí. Muy, muy impresionante, señorita. Eres un todo un paquete perfecto".

Ella se puso junto a él.

"Mi nombre es Karen. Agrégame a tu lista. Estaré aquí un poco temprano mañana y no tengo problemas con nada".

Sabía que su actitud atrevida solo hacía que el hombre de seguridad la deseara aún más.

Ese pensamiento le hizo sonreír.

CAPÍTULO 5

Esa noche, Julieta estaba desnuda en su departamento, recién salida de una ducha caliente con gran vapor.

Este nivel de estrés era algo que había experimentado antes, pero con la participación de su hermana, las apuestas estaban más altas.

Envolvió una toalla alrededor de su cabello después de secarse el cuerpo.

Sentada en la cama, llamó a su hermana, que seguramente estaba ansiosa por tener noticias.

"¿Lo has hecho?" Bárbara preguntó de inmediato, después de contestar la llamada.

"Hubo complicaciones".

"¿¡Qué!?"

Julieta podía escuchar el miedo en la voz de su hermana.

Era perfectamente comprensible, ya que su hermana tenía previsto entablar negociaciones contractuales con otra cablera en unos días.

"No puedo explicarlo todavía", dijo Julieta con calma. "Tendrás que confiar en mí por ahora. Hay más que tengo que hacer y volveré mañana".

Bárbara jadeó incrédula.

"¿Por qué? ¿Qué demonios estás haciendo?"

"Relájate. Tengo todo bajo control".

Al mirar su reflejo desnudo en el espejo, Julieta hizo una pose con la espalda arqueada y las piernas cruzadas.

Se quitó la toalla de la cabeza, dejando su cabello parcialmente peinado hacia atrás.

"Sabes lo que va a pasar, ¿verdad?" Bárbara preguntó con una preocupación genuina. "Pueden ser un grupo rudo".

"Espero evitar eso. Vi cómo te usaban".

Después de un grito ahogado de Bárbara, hubo un silencio absoluto en el teléfono durante varios segundos, y Julieta mantuvo sus ojos enfocados en sus propias piernas.

Correr durante unas millas incalculables a lo largo de senderos al aire libre le había dado unas piernas increíbles.

Bárbara resopló.

"Hay una razón por la que ya no hablamos".

"Lo sé, no debería haber dicho eso. He tenido un día agitado y mañana podría ser peor".

"No hagas nada estúpido".

"Terminaremos esta conversación mañana durante la cena", dijo Julieta. "Lo prometo. Pero en este momento, estoy enfocada en algo importante".

Su conversación terminó en buenos términos, luego volvió a sus asuntos.

Mientras aún estaba desnuda, Julieta fue a su cajón y encontró su liguero y medias favoritos.

No los había usado en años, nunca los había vuelto a necesitar después de su antiguo trabajo en la unidad de Vice, trabajando encubierta.

Se paró frente al espejo y se los puso, deslizando las medias más allá de sus pies y sujetándolas a las correas del liguero alrededor de la parte superior de sus muslos.

Ella posó para el espejo.

Según su investigación, este era el fetiche del jefe.

Y fue especialmente evidente en esa red de noticias, donde la mayoría de las presentadoras durante el día eran conocidas por sus piernas sexy y vestidos cortos.

Mirar su reflejo desnudo con la liga y las medias puestas le trajo muchos buenos recuerdos.

Ella sabía cómo utilizar estas prendas interiores como un arma.

Recordando los clubes que solía visitar, pensó en el sexo duro y degradante que había usado para aliviar el estrés.

Sus dedos se movieron hacia abajo y cerró los ojos mientras se tocaba.

CAPÍTULO 6

Julieta regresó al día siguiente pronto, aproximadamente a las nueve de la mañana, para estudiar la situación.

Esta vez, evitó a su hermana y su inevitable discusión, que solo sería una distracción.

Ella se dirigió hacia el piso ejecutivo.

Al igual que el día anterior, su cabello y maquillaje eran glamorosos, pero su vestido era un poco más corto.

No era realmente sórdido o inapropiado, pero era suficiente para atraer un poco más de atención.

Había una reunión de negocios que terminó mientras Julieta esperaba en el vestíbulo.

Ella ocultó su vergüenza moviendo las piernas cuando los viejos ejecutivos vestidos con trajes de negocios le echaban una rápida mirada mientras se acercaban al elevador.

Ella simplemente sonrió mientras los hombres continuaban con sus conversaciones.

Al mirar por el pasillo, pudo ver a Stevens regresar a su oficina porque Dios sabe cuánto tiempo.

Ella lo había planeado todo.

Ahora era el momento del Plan B.

Esperó hasta que aparecieron más mujeres para la cita de las diez de la mañana.

El gran hombre de seguridad estaba allí para organizar a las mujeres antes de que llegara el momento de su actuación.

Julieta cruzó las piernas y giró un pie, lo que llamó la atención de Adams.

Con una pequeña bolsa con su equipo electrónico, se puso de pie y caminó seductoramente hacia el guardia de seguridad.

"¿Está el jefe?" ella preguntó.

"¿Stevens?"

Julieta asintió con la cabeza.

"Sí, ¿puedo hablar con él a solas?"

"Pronto tendrás tu oportunidad", dijo Adams, burlándose un poco. "Estamos esperando a que aparezcan las demás chicas. Además, conozco de tu talento especial. Sí, con una boca como la tuya, estoy seguro de que te dará una oportunidad".

"En realidad, tengo una especie de propuesta comercial. Estoy seguro de que será de su agrado".

Julieta hizo un gesto hacia abajo hacia sus piernas, y levantó discretamente la parte delantera de su pequeño vestido para revelar el liguero y las medias.

"Delicioso", se burló él de nuevo. "Eres un paquete increíble. Tienes una deliciosa la boca y unas preciosas piernas. Me hace preguntarme sobre tus otros talentos".

"Esos son los descubrimientos para tu jefe. Si llegamos a términos mutuamente beneficiosos, quién sabe, tal vez tengas la oportunidad de probarme después. Hasta entonces, ¿serás un buen chico y conseguirás esa reunión?"

Él asintió lentamente, observando su cuerpo en el proceso.

"Sí, claro, espera".

Adams recorrió el pasillo y entró en la oficina de Stevens.

La conversación fue breve y él regresó rápidamente.

Había un ansia en su rostro, que casi parecía siniestro.

"Estás de suerte, Karen", dijo. "El jefe recuerda haber escuchado sobre tus hazañas orales ayer y está emocionado de discutir propuestas. Además, le conté lo que tienes abajo. Entonces, adelante. Su oficina está allí".

Ella guiñó un ojo.

"Gracias."

Julieta se dirigió por el pasillo hacia la puerta abierta.

CAPÍTULO 7

Sería la primera vez que conocería a Stevens y la ponía más nerviosa que encontrarse con delincuentes violentos o estafadores callejeros.

Stevens era un hombre con profundo poder e influencia sobre el sistema político estadounidense.

Un dios en el mundo de los medios.

Peor aún, si cometía algún error, su pellejo estaba en juego, y, en este caso, no había respaldo policial para ayudarla.

Entró en la oficina para ver a Stevens, una figura grande e imponente, de pie detrás de su escritorio después de guardar algunos documentos.

"¿Puedo cerrar la puerta?" ella preguntó.

Él se burló de ella.

"Por favor, hazlo. Algunas propuestas de negocios se mantienen en privado".

Julieta cerró la puerta después de mirar por el pasillo y ver a Adams guiñarle un ojo.

Ahora, sola con su presa, ella trabajó su encanto.

"Estás ocupado, así que lo expondré brevemente", dijo con una voz sexy. "Sé lo que quieren los hombres como tú. ¿Por qué no intentar lo contrario? Un pequeño cambio de ritmo de vez en cuando".

Stevens dio un paso adelante para que estuvieran juntos.

"Continúa. ¿Qué implicará exactamente tu oferta?"

"Mujer Dominante. A los hombres poderosos les encanta tener mujeres, pero lo contrario puede ser una nueva experiencia sexual. ¿Alguna vez has disfrutado el placer de someterte a una mujer poderosa? Estar atado y en manos de una mujer dominante. Estoy segura de que a muchos de tus amigos y asociados les encantará ser

domesticados por mí. Déjame darte una muestra de lo que puedo hacer
".

"¿Entonces quieres atarme?"

"Y vendarte los ojos", agregó con una sonrisa alegre y un brillo excitante en sus ojos.

"Eres la mujer garganta profunda, ¿verdad?" Preguntó Stevens.

"Lo soy, y estoy orgullosa de ello".

"¿Por qué querría jugar con la esclavitud cuando puedo probar tu mejor atributo?"

Julieta se encogió ligeramente de hombros.

"Estoy segura de que tienes alguna garganta profunda para todos los días. ¿Por qué no probar mis otras habilidades?"

"Una negociadora fuerte", asintió. "Las mujeres ejecutivas realmente podrían aprender de ti. Eres inteligente, feroz y sexy como el infierno. Mi tipo de mujer".

Ella guiñó un ojo.

"Gracias."

"¿Has estado en esta profesión por mucho tiempo?"

"Un par de años. Es una especie de trabajo secundario mío".

"¿Cuál es tu trabajo a tiempo completo?" preguntó.

"Digamos que soy una friki tecnológica y soy mortal en una computadora. Pero no me gusta hablar de mi vida personal".

Stevens mostró una sonrisa viciosa.

Muchos hombres afirman que les gustan las mujeres inteligentes, pero para él, era cierto.

Julieta sabía que este era un juego peligroso y los riesgos estaban aumentando.

"Me parece bien", dijo con confianza. "Necesito tenerte. Te dejaré hacer lo que quieras conmigo; átame, vendarme los ojos, follarme. Lo que sea".

Julieta reprimió su propia sonrisa y mantuvo su compostura suprema.

Era experta en nudos, y Stevens pronto estaría indefenso mientras copiaba su disco antes de destruirlo por completo.

"Comencemos", dijo ella. "Usaré el ..."

"No tan rápido. Levanta tu vestido. Muéstrame tu liguero. He escuchado cosas muy bonitas sobre cómo te queda".

Sin dudarlo, Julieta levantó la parte delantera de su vestido para revelar sus impecables medias que cubrían sus muslos y las bragas de encaje.

A pesar de la situación complicada en la que se encontraba, la hacía sentir bien ser deseada de esta manera.

"¿Te gusta lo que ves?" Preguntó con una sacudida de sus caderas.

Stevens apretó la mandíbula.

"Sí, te contrataré. Pero primero tendrás que seguir mis reglas".

"¿Y cómo funcionaría eso?"

Julieta sabía exactamente lo que este hombre estaba sugiriendo.

El miedo se deslizó por su columna vertebral, pero ella se negó a encogerse.

"Sé mi muñeca chupadora durante un rato", sonrió. "Me muero por probar tus labios y tu garganta. Eres perfecta para mi pollón con esos bonitos ojos azules mirándome. Disfrutaré mirándote y frotando tu cabello mientras te comes mi polla ".

Por la situación en que se encontraba Julieta, su coño se apretó y comenzó a inquietarse.

Había pasado un tiempo desde que cualquier hombre la había maltratado de esa manera.

¿Podría realmente hacerlo con el hombre que estaba chantajeando a su hermana?

¿Un hombre que había orquestado el desagradable dossier de videos grabados en secreto?

Nadie tendría que saber sobre esto.

Como de costumbre, el lado más peligroso de Julieta ganó.

Siempre lo hacía.

Su tendencia a vivir imprudentemente fue la razón principal por la que nunca se llevó bien con la mayoría de su familia.

Ella asintió.

"Sin juegos. Sin tonterías. Si te dejo que me folles la boca, después te ataré y te daré una probada de dominación femenina verdadera. Si te gustan mis servicios, entonces puedes contratarme para ti y tus amigos. ¿Tenemos un trato?"

"Eres la negociadora más dura que he conocido", dijo antes de reír. "Claro, veremos qué se nos ocurre".

Cuando el jefa abrió un cajón cercano, Julieta vió una variedad de juguetes sexuales de aspecto familiar.

Era una impresionante colección de dispositivos utilizados para el control y la sumisión sexual.

Stevens tomó un collar con la palabra 'ZORRA' inscrita en el cuero y que estaba sujeto a una correa.

Naturalmente, se preguntó si este era el mismo collar utilizado en su hermana.

El pensamiento fue difícil de digerir.

"¿Alguna vez usaste uno de estos?" preguntó, sosteniéndolo como una corona.

"Yo tengo uno de esos."

"¿Y? ¿Te gustó?"

"Han pasado años de eso", admitió. "Pero sí, disfrutaba de estar con collar como una gatita".

"Buena gatita. Me va a encantar esto. Ahora, ponte de rodillas".

Julieta puso su bolso sobre la mesa y se dejó caer de rodillas, esperando que una mamada fuera todo lo que se requeriría de ella.

Pero habiendo tratado con muchos hombres como este, eso parecía poco probable.

Al menos nadie lo descubriría nunca, se recordó.

Levantando la barbilla, permitió que Stevens apretara el collar alrededor de su cuello.

La presión implacable alrededor de su garganta desencadenó centros de placer que no había notado en mucho tiempo.

Como si fuera una señal, su coño se apretó.

Levantando la vista de sus rodillas, y antes de que la polla le fuera empujada dentro de su boca, Julieta notó vacilación en los ojos de Stevens.

"Sabes, hay algo en ti que me resulta familiar. No puedo identificarlo".

Ella le devolvió la mirada con valentía y rezó para que él no descubriera su identidad.

En muchos sentidos, Julieta y Bárbara se parecían, compartiendo muchas de las mismas características faciales.

Brevemente, se preguntó si debería haberse teñido el cabello de un tono rubio más oscuro.

"Observo tu red de noticias", respondió ella. "Te rodeas de mujeres hermosas todo el día. Estoy seguro de que todo se mezcla eventualmente".

Él sonrió, luego se echó a reír.

"Tienes razón. Ahora abre bien la boca, mi puta sucia".

Con un solo movimiento muy fluido, Stevens liberó su polla, que ya estaba dura como una roca.

Julieta se estremeció cuando se dio cuenta de que esta sería la primera vez que había chupado a un hombre mientras trabajaba.

Creyendo que no habría forma de que pudiera disfrutar de esta felación, se preparó mentalmente para recibir la polla en su boca.

Sin esperar una entrada amable, estaba preparada para lo que vendría después.

En el momento en que Julieta abrió la boca, Stevens tiró de la correa y empujó sus caderas.

En una fracción de segundo, la boca de Julieta se llenó con la carne dura del hombre y la entrada a su tráquea estuvo casi obstruida.

Sabía y se sentía como cualquier otra polla, pero no era así.

Durante sus años universitarios, Julieta y Bárbara frecuentemente peleaban por los chicos, pero nunca estaban con el mismo chico sexualmente.

Y ahora, se estaba tragando una polla que su hermana había chupado y follado regularmente.

Y la mayor ironía era que estaba haciendo esto en nombre de su hermana.

Metiéndola y sacándola de su garganta, Stevens golpeó su polla con gran fuerza.

Si no hubiera estado tan sujeta, podría haber luchado por mantenerse erguida.

Pero, pronto se decidió por un ritmo predecible que le permitió respirar y permanecer vertical.

Naturalmente, Julieta se preguntó a quién Stevens calificaría como mejor chupapollas.

Ella lo había visto follar la boca de su hermana en el video y notó que él estaba muy controlado, incluso durante el orgasmo.

Preguntándose si sería posible romper su postura impasible, Julieta comenzó a participar activamente girando su lengua alrededor de la punta de su pene mientras entraba y salía de su boca.

No habría ningún daño en tratar de obtener un aumento del placer de él y Julieta estaba bastante segura de que tenía la habilidad para hacer eso.

Momentáneamente ella entró en conflicto.

Sintió una punzada de culpa al pensar en intentar complacer más a Stevens, quien seguramente no merecía ni un segundo de su tiempo.

Sin embargo, Julieta tendía a ser competitiva y decidió aceptar el desafío que se había impuesto.

En su posición sumisa de chupar pollas, relajó la mandíbula completamente y se puso a trabajar.

Inclinando la cabeza hacia atrás, un truco que aprendió de una prostituta, fue capaz de acomodarlo por completo.

Sus movimientos estaban muy restringidos, literalmente, al mantenerla con una correa corta.

Pero eso no importó.

Cada vez que empujaba la polla en su boca, ella chupaba con la cantidad perfecta de presión.

Al levantar la vista, notó que Stevens se mantenía concentrado.

Cuando él se retiró, su lengua bailó alrededor de la punta de su polla, tratando de capturar cualquier líquido preseminal que se hubiera producido.

El hombre permanecía estoico.

Ella hizo un zumbido en la garganta, lo que finalmente hizo que Stevens sonriera.

El trabajo de la boca de ella continuó.

Observó la cabeza de Stevens echarse hacia atrás mientras él gemía con un volumen creciente.

Julieta ni siquiera lo había visto hacer eso con su hermana.

Si esto era una competencia, ella estaba ganando.

Esto era más fácil de lo que esperaba, y a este ritmo, tendría al jefe atado en cuestión de minutos.

Su creciente optimismo fue arruinado por un golpe en la puerta.

Ella trató de alejarse, pero el jefe tiró de la correa, manteniendo la boca llena de su polla.

"Justo a tiempo", sonrió Stevens. "Le dije a Adams que volviera. Él me ayuda con muchos acuerdos y ayuda a examinar posibles socios comerciales".

La puerta se abrió y Julieta logró girar la cabeza lo suficiente como para ver al gran hombre de seguridad entrar en la habitación.

Adams sonrió ampliamente, después de todo, su sueño estaba a punto de hacerse realidad.

CAPÍTULO 8

Stevens tocó suavemente la mejilla de Julieta.

"Mírame. Puedes detenerte cuando quieras. Solo toca. Grita. Di algo. Entonces saldrás. Asiente si lo entiendes".

Julieta logró asentir, incluso con su polla atorada en su boca.

"Bien", respondió. "Adams, quítale la ropa".

"Con mucho gusto, jefe", dijo el hombre de seguridad en un tono escalofriante.

La puerta se cerró, y cuando Adams se paró detrás de ella, Julieta sintió que la parte delantera de su vestido le bajaba por la cintura.

Unas grandes manos le acariciaron la espalda antes de desabrochar su sostén y liberar sus juguetonas tetas.

El cuerpo de Julieta respondió, como siempre, al trato rudo.

Aunque había elegido alejarse de este estilo de vida, esto se sintió como un regreso a casa.

Sus pezones rosados se endurecieron incluso antes de que los gruesos dedos de Adams se aferraran a ellos.

Eso la hizo sonrojar.

Mientras la polla todavía estaba alojada en su garganta, el hombre grande levantó a Julieta del piso para que pudiera sacar el vestido por debajo de ella.

Sus ligas y sus bragas fueron rasgadas y arrojadas a un lado.

Luego le quitó los tacones y le arrancó las medias.

Ella estaba desnuda.

Jodidamente desnuda.

De la cabeza a los pies, excepto por el collar alrededor de su cuello.

Lo más inteligente que podía hacer era aprovecharlo.

Debería admitir la derrota e irse con lo que quedara de su dignidad.

Pero Julieta era obstinada, lo cual era un rasgo familiar.

Y de una manera extraña, esta fue su forma de ayudar a encontrar justicia para todos con los expedientes chantajistas de Stevens.

También fue su forma de corregir los errores que había cometido en su vida: como ex detective de policía y como hermana menor.

Una forma de expiación.

Es cierto que el miedo y la ansiedad que sentía por estar desnuda, a merced de dos grandes desconocidos, la excitaban.

Con una polla ya en la boca, se preguntó qué pasaría mientras su coño goteaba líquido en el suelo.

Stevens reanudó el asalto a su garganta.

Su boca estaba muy estirada y le dolía la mandíbula por los movimientos agresivos.

Sin embargo, ella mantuvo sus dientes lejos de su polla, gracias a años de experiencia.

Después de algunos golpes más, Stevens empujó su polla por varios segundos.

Aunque incapaz de respirar, Julieta permaneció tranquila.

Afortunadamente, Stevens sacó su polla y Julieta jadeó por aire.

"Ahora eres una mujer trabajadora, ¿verdad?" Preguntó Stevens, como si esto se hubiera convertido en un interrogatorio. "¿Nadie te puso en esto? Estás aquí por tu cuenta, como mujer de negocios, ¿correcto?"

Julieta respiró hondo y gorgoteó, con saliva goteando por su barbilla.

"¿Chupo la polla como una maldita policía o algo así?"

"Nunca dije que fueras policía. Solo pregunto".

Escupió saliva para no ahogarse.

"Soy una puta mujer de negocios".

"Está bien, entonces. Adams, ponte a trabajar en su coño. Me encargaré de su boca. Veremos si se rompe".

Le tiraron de la correa y obligaron a Julieta a gatear hacia el sofá como una perrita.

Stevens se acomodó, con una rodilla en el sofá y una pierna en el suelo.

Dio unas palmaditas en el cojín y Julieta se subió al sofá.

Estaba a cuatro patas, entre sus piernas y frente a él.

Manteniendo contacto visual con el jefe, escuchó que Adams se desnudaba y se colocaba detrás de ella.

Casi de inmediato, las grandes manos del hombre de seguridad abrieron sus nalgas, y Julieta supo que él estaba mirando bien su coño mojado y su ano.

Mientras esperaba ansiosa, mantuvo una cara tranquila para que Stevens continuara pensando que era una verdadera prostituta.

Pero cuando los dedos de Adams comenzaron a sondear su coño, ella se quedó sin aliento.

"Termina de chuparme la polla", ordenó Stevens. "Lo estás haciendo muy bien".

Mientras se relajaba al ritmo de la polla de Stevens entrando y saliendo de su boca, se preguntó qué tamaño de paquete tendría Adams.

El elemento de lo desconocido siempre fue atractivo para ella.

Adams se volvió más insistente y entrometido, insertando dos dedos gruesos en su coño.

"Mierda, ella está apretada para una prostituta", murmuró, casi para sí mismo.

El jefe sonrió.

"Entonces fóllala ya".

Julieta sintió que Adams retiraba sus dedos y los reemplazaba con la cabeza de su polla.

Ella trató de tener una idea del tamaño, y quedó debidamente impresionada.

Definitivamente era mucho más grande que Stevens y ella se concentró por completo en su coño, aunque Stevens continuaba perforando su boca.

La entrada de Adams en su agujero necesitado fue más considerada de lo que esperaba.

Empujando contra su pelvis, el hombre de seguridad avanzó con la cabeza de la polla y siguió metiendo, centímetro a centímetro, su polla larga y gruesa.

Justo cuando Julieta pensó que no podía aguantar más, Adams se echó hacia adelante y se la metió por completo.

Ella se congeló momentáneamente mientras se adaptaba a su enorme erección y luego reanudó sus manipulaciones orales sobre Stevens.

Cuando Adams comenzó a entrar y salir de su coño altamente estimulado, sintió una sensación de pertenencia.

"Puedo sentir que como se estira", gruñó Adams.

"Deberías probar su garganta la próxima vez. Estoy seguro de que la Junta la amará. Voy a ponerla debajo de la mesa para cada reunión. Ahí es donde pertenece. De rodillas".

En el pasado, Julieta había disfrutado muchos actos sexuales depravados.

Pero estar atrapado entre dos hombres, poderosos de maneras tan diferentes, era lo más excitante.

No había duda, estaba siendo dominada y amaba cada segundo desviado de la situación mientras lágrimas de tensión corrían por su rostro.

Si bien era libre de irse en cualquier momento, encontró que esta unión no convencional era irresistible.

Ambos hombres la usaron para su propio placer, y como resultado, Julieta sintió que su cuerpo se tensaba, preparándose para liberarse.

Los movimientos de la polla de Stevens se volvieron más frenéticos y ella supo que él también estaba cerca.

Mientras tanto, Adams se lo pasaba en grande con su coño.

Golpeando cada vez más fuerte.

Sus golpes se hicieron más intensos y urgentes mientras sus dedos se clavaban profundamente en sus caderas.

La dulce fricción de su polla navegando dentro y fuera de su túnel la estaba llevando rápidamente a un clímax húmedo y vertiginoso.

De repente, se rompió y sintió que su coño se contraía contra el grueso poste mientras la empalaba.

Los espasmos sacudieron su cuerpo cuando trató de gemir, pero fue amortiguada por la polla alojada en su boca.

"Joder, sí, zorra. Córrete sobre mi polla", gruñó Adams.

Julieta estaba avergonzada y regocijada al mismo tiempo.

Llevaba esa capa emocional con comodidad.

Había pasado mucho tiempo desde que había experimentado un orgasmo tan poderoso y sabía que sería difícil alejarse de este increíble placer una vez más.

Al final, ella hizo un gran desastre húmedo en el sofá de cuero y el piso por el chorro duro que expulsó.

Estaba segura de que a nadie le importaría, a excepción de quien se encargara de limpiar la oficina.

Stevens farfulló:

"Voy a disparar mi carga en su boca. Adams, ¿estás listo?"

"He estado listo para eso desde el momento en que la conocí".

Ambos hombres sacaron sus pollas del cuerpo usado de Julieta y la voltearon para que los enfrentara mientras estaban de pie delante de ella.

Julieta echó la cabeza hacia atrás, abriendo la boca, mientras ambos hombres se acariciaban hasta eyacular.

Los chorros salados de ambos hombres comenzaron a cubrirle la lengua, la boca y la garganta.

Parecía interminable el lanzamiento de chorros.

De alguna manera, se las arregló para tragar las cargas mientras la inundación continuaba.

Ella estaba asombrada de no haber vomitado.

Cuando se acabaron los orgasmos de los hombres, Julieta se derrumbó en el suelo en un aturdimiento lleno de esperma.

Jadeó por la boca cubierta de semen y luchó por recordar exactamente por qué estaba allí.

Los dos hombres se pararon sobre ella, con sus pollas húmedas y flácidas colgando.

En ese momento, apenas podía entender sus palabras, o quién decía qué.

"Qué mierda más maravillosa. Es una auténtica tragapollas".

"El mejor coño que he tenido en mucho tiempo. Y tiene un gran culo. Me parece que podría tener un puesto de presentadora de noticias aquí".

La mente de Julieta flotó en su niebla postorgásmica, pensando en su hermana y en el verdadero propósito de su visita.

Observó a los hombres contemplando su cuerpo desnudo y sus pezones rosados, junto con el sudor en el pecho y la frente.

Stevens se inclinó para quitarle la correa y luego pudo respirar cómodamente de nuevo.

CAPÍTULO 9

Para su sorpresa, Stevens cumplió su palabra.

Ambos estaban completamente desnudos en la oficina y ella lo tenía completamente inmovilizado.

Una experta con nudos, sabía cómo someter a un tipo grande.

Después de vendarle los ojos, ella empujó sus bragas rotas en su boca.

Desnuda, agarró su bolso y corrió hacia el escritorio.

Sacó uno de sus teléfonos y lo conectó al servidor.

Cuando tuvo acceso al disco, notó que todos las cámaras secretas estaban activas y estaban grabando.

Accedió a la cámara de la misma oficina y rebobinó el metraje grabado por ella.

Julieta se vio a sí misma en un video chupando y succionando, mientras era controlada por una correa.

Adelantó el video un poco más y se vio a sí misma siendo follada por detrás mientras succionaba la polla de Stevens.

Era un poco vergonzoso verse a sí misma siendo emparedada y follada por esos dos hombres grandes y dominantes.

"Gilipollas", murmuró.

Se dio cuenta que el tiempo era esencial cuando escuchó a Stevens gritar a través de la mordaza.

Incluso con los ojos vendados, de dio cuenta que el jefe sabía lo que estaba sucediendo y lo que le estaba sucediendo a la unidad.

Después de hacer una copia digital de todo, conectó su otro teléfono y se quedó allí por un minuto mientras todo el disco duro estaba siendo completamente destruido.

Su trabajo estaba hecho.

Todo lo que necesitaba hacer era escapar, pero no pudo evitar echar un último vistazo a este chantajista.

Ella se volvió a Stevens.

En este punto, ya estaba acostumbrada a estar desnuda en la oficina y se inclinó para acariciarle el hombro.

"Gracias por la follada caliente", dijo en su oído. "No te preocupes, dejaré la puerta ligeramente abierta para que alguien pueda encontrarte. Para entonces ya me habré ido y nunca volverás a verme. Y para que conste, esto valió la pena".

Después de darle un beso en la frente y verlo luchar con todas sus fuerzas, Julieta se puso el vestido.

Se puso los tacones y se salió rápidamente de la oficina.

Aunque tambaleándose, ella escapó sin problemas.

EPÍLOGO

Cuando ya estaba lejos del edificio y caminaba por la concurrida calle de la ciudad, se dio cuenta de que su aliento apestaba a esperma.

Dos cargas gigantes le harían eso a cualquier muchacha.

Pero agarrando fuertemente su bolso, tuvo en cuenta que había realizado un gran servicio público.

Si bien ese era un pensamiento satisfactorio, no podía negar que el cálido resplandor de este encuentro sexual había sido muy sorprendente.

Tal vez era hora de desempolvar su equipo y regresar a los clubes de sexo duro para desahogarse.

FIN